之古诗词赏析

张 克 主审

邢 平　王文倩　李晓旭 主编

教·学
资 源

首都师范大学出版社

CAPITAL NORMAL UNIVERSITY PRESS

图书在版编目(CIP)数据

国学经典之古诗词赏析 / 邢平，王文倩，李晓旭主编. — 北京：首都师范大学出版社，2024．7． — ISBN 978-7-5656-8452-4

Ⅰ．I207.2

中国国家版本馆 CIP 数据核字第 2024TK2775 号

GUOXUE JINGDIAN ZHI GUSHICI SHANGXI

国学经典之古诗词赏析

邢　平　王文倩　李晓旭　主编

责任编辑　王　静

首都师范大学出版社出版发行

地　址　北京西三环北路 105 号

邮　编　100048

电　话　68418523（总编室）　68982468（发行部）

网　址　http：//cnupn．cnu．edu．cn

印　刷　三河市祥达印刷包装有限公司

经　销　全国新华书店

版　次　2024 年 7 月第 1 版

印　次　2024 年 7 月第 1 次印刷

开　本　787 mm×1092 mm　1/16

印　张　15.75

字　数　382 千

定　价　48.00 元

前　言

在浩瀚的文学长河中，古诗词犹如璀璨星辰，它们以精练的语言、深邃的意境、丰富的情感，展现了古人对自然之美的无限向往，对人生哲理的深刻洞察，以及对家国情怀的深切抒发。学习古诗词有助于学生理解其创作背景，把握其艺术特色，感受作者的心境，还能提升学生的艺术鉴赏能力和人文素养，增进对于中国传统文化的了解，进而增强文化自信。基于此，我们精心编写了《国学经典之古诗词赏析》一书。

本书选取了近百篇中国传统文化典籍中影响深远、脍炙人口的诗词作品，全面系统地阐述了古诗词的相关知识，注重学生诵读、理解、赏析和正确书写等能力的培养。

具体而言，本书具有以下特色。

1. 立德树人，价值引领

党的二十大报告指出："育人的根本在于立德。"本书积极贯彻党的二十大精神，在讲解古诗词的相关知识的过程中，将爱国精神、文化自信、社会责任等德育元素融入其中，让学生在学习知识的同时，受到"润物无声"的素质教育的熏陶，进而帮助学生增强文化自信与民族自信，促使其自觉保护、继承和发扬中华优秀传统文化。

2. 校企合作，协同育人

本书的编写在一线双师型教师和企业专职人员的支持与参与下进行，在内容上充分考虑了时代要求与社会需求，紧紧围绕学生提升自身文化素养的需求而"量身定做"。同时，本书注重理论讲解与实践练习的紧密结合，有效地增强了全书内容的可读性、趣味性与实用性，力求激发学生自主学习的欲望，促使学生做到学以致用。

3. 全新形态，全新理念

本书切实践行"以学生为主体，以教师为主导，以能力为根本"的全新教育理念，注重教学方式的创新性与教学内容的实用性，以精讲文化理论、拓展文化知识、参与文化实践为脉络，让学生能够深入了解古诗词的创作背景与文化内涵，不断提高自身人文素养和综合素质，进而推动中华优秀传统文化的创造性转化与创新性发展。

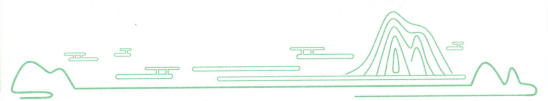

4．模块多元，内容丰富

本书精心设计了多元的模块，以丰富教材内容，助力学生深入掌握古诗词相关知识，提高学习的积极性。每首诗词的讲解都由"诵读细酌""品读指导""作品鉴赏""随学随练"四个部分组成，并配有"作者简介""注释""译文""赏析""学思践悟"等模块，旨在帮助学生从作者、创作背景、语言等多个角度领略中国古诗词的魅力。同时，本书还灵活设置了"知识链接"模块，以拓宽学生的视野，深化其对于古诗词的认识，进而陶冶情操，涵养人生。

5．数字赋能，与时俱进

本书配有丰富的数字资源，读者可以借助手机或其他移动设备扫描二维码观看微课视频，也可以登录文旌综合教育平台"文旌课堂"查看和下载本书配套资源，如教学课件、课后习题答案等。读者在学习过程中有任何疑问，都可以登录该平台寻求帮助。

此外，本书还提供了在线题库，支持"教学作业，一键发布"，教师只需通过微信或"文旌课堂"App 扫描扉页二维码，即可迅速选题、一键发布、智能批改，并查看学生的作业分析报告，提高教学效率、提升教学体验。学生可在线完成作业，巩固所学知识，提高学习效率。

本书由张克担任主审，邢平、王文倩、李晓旭担任主编，赵娥、王粉利、魏籽琦、杜东方、宫丽丽担任副主编。由于编者水平有限，书中难免存在疏漏或不当之处，敬请广大读者批评指正。

特别说明：

（1）本书在编写过程中，参考了大量的资料并引用了部分文章和图片等。这些引用的资料大部分已获授权，但由于部分资料来自网络，我们未能确认出处，也暂时无法联系到原作者。对此，我们深表歉意，并欢迎原作者随时与我们联系，我们将按规定支付酬劳。

（2）本书未注明资料来源的案例均为编者自编或根据真实事件、素材改编。

> 🔍 **本书配套资源下载网址和联系方式**
>
> 🌐 **网址：** https://www.wenjingketang.com
>
> 📞 **电话：** 400-117-9835
>
> ✉️ **邮箱：** book@wenjingketang.com

目录

爱情悼亡篇

边塞军旅篇

贬谪宦游篇

人生哲理篇

咏物言志篇

借古咏怀篇

山水田园篇

探渊索珠——辞致雅赡

正所谓："登山则情满于山，观海则意溢于海。"面对气象万千的自然风光，宁静闲适的田园生活，诗人总会情动于中，形之于文，这便是山水田园诗的由来。总的来说，山水田园诗多以描绘自然山水和田园风光为主要内容，旨在表现返璞归真、怡情养性的情趣，抒发隐逸生活中的闲情逸致。其风格清新自然，意境淡远闲适，语言质朴淡雅，写景状物细致传神。在这类诗歌中，风光景致是其表，景中之情才是其里，因此便有了"山山水水总关情"的说法。

秦汉时期的诗歌大多围绕生存、政治、战争等内容，旨在反映社会现实和民生疾苦。同时，这一时期也出现了一些描写自然景象的诗歌，如汉乐府诗，体现出人们对自然的赞美。

魏晋南北朝时期，社会动荡促使一些诗人远离政治中心，藏身匿迹于山林；同时，思想的开放和玄学的盛行使他们将目光投向自然山水，并从中寻求哲理。因此，山水田园诗在这一时期不断涌现。随着陶渊明、谢灵运两位诗人的出现，山水田园诗在中国诗歌史上的地位日益稳固。

唐代是中国诗歌发展的全盛时期，山水田园诗在这一时期也展现出全新的风貌。王维和孟浩然等诗人继承了陶渊明、谢灵运山水诗的传统，形成了一个与边塞诗派交相辉映的山水田园诗派。他们的诗歌不仅在中国文学史上占有重要地位，也对后世的诗歌创作和绘画艺术产生了深远的影响。

宋代的山水田园诗承袭了唐代诗风，但又在此基础上有了突破性的发展。在主题的选择上更贴近生活与政治，在体裁上更加开放、自由，展现出了独特的艺术形态，同时也为元、明、清山水田园文学的发展奠定了基础。

本篇将详细讲述陶渊明的《归园田居》其三、孟浩然的《过故人庄》、王湾的《次北固山下》、王维的《终南山》、刘禹锡的《望洞庭》和白居易的《钱塘湖春行》这六首诗。接下来，让我们跟着诗人的脚步，领略祖国山河的无限风光，感受山水田园诗的永恒魅力吧。

归园田居·其三

[东晋] 陶渊明

诵读细酌

《归园田居》共五首，本篇是第三首。本诗细腻生动地描写了作者对农田劳动生活的体验，风格清淡而又不失典雅，字里行间洋溢着作者脱离世俗的轻松之感和返回自然的喜悦之情。请朗诵这首诗，品味诗中的情感。

品读指导

种豆南山①下，草盛豆苗稀②。

晨兴③理荒秽④，带月荷锄⑤归。

道狭⑥草木长⑦，夕露⑧沾⑨我衣。

衣沾不足惜，但使愿无违⑩。

(选自《陶渊明集译注》，中华书局，2019年)

作者简介

陶渊明（352或365或372或376—427），一名潜，字元亮，号五柳先生，东晋著名诗人、辞赋家、散文家。曾任江州祭酒、镇军参军、彭泽令等，后去职归隐，远离仕途。陶渊明善诗文辞赋，其诗多描绘田园风光，表现出他对污浊官场的厌恶和拒绝与世俗同流合污的高洁情操，以及对太平社会的向往。其作品融景、情、事、理于一体，语言质朴自然，说理简洁深刻，有《饮酒》《归园田居》《桃花源记》《五柳先生传》《归去来兮辞》等。有《陶渊明集》。

注释

① 南山：指庐山。

② 稀：稀疏，形容（豆苗）长势不佳。

③ 晨兴：早起。

④ 理荒秽：铲除田中的杂草。理，管理，治理。秽，这里指田中杂草。

⑤ 荷锄：扛着锄头。荷，扛着。

⑥ 狭：狭窄。

⑦ 草木长：草木生长得茂盛。

⑧ 夕露：傍晚的露水。

⑨ 沾：（露水）打湿。

⑩ 但使愿无违：只要不违背自己的意愿就行了。愿，指作者隐居躬耕的愿望。违，违背。

译文

我在南山下种豆子，地里野草茂盛豆苗稀疏。

早起下地铲除田中的杂草，夜幕降临披着月光扛着锄头回家。

狭窄的小路草木丛生，傍晚的露水打湿了我的衣衫。

衣衫被打湿并不可惜，只希望不违背我归耕田园的心意。

作品鉴赏

赏析

本诗共分为两层，前四句为第一层，描写了作者躬耕劳动的生活。

首联"种豆南山下，草盛豆苗稀"引用汉代杨恽的《拊缶歌》中的"田彼南山，芜秽不治"，对作者的劳作状况做总体交代，即在南山下种豆这件事。作者毕竟少学琴书，又是士人出身，缺乏躬耕田亩的实践经历，因此，出现"草盛豆苗稀"的劳动成果也就不足为怪了。

颔联"晨兴理荒秽，带月荷锄归"描写了作者勤勤恳恳、乐此不疲地从清早到夜晚躬身垄亩、铲锄荒草的状态，可怜的劳动成果并没有使作者垂头丧气、心生退意，体现出其身上所具有的中华民族自古以来的吃苦耐劳、坚韧不拔的精神。

后四句是本诗的第二层，抒写了作者经过生活的磨砺和对社会与人生的深刻思索后，坚持追求真善美，并毅然决然地与污浊官场划清界限的人生态度。

颈联"道狭草木长，夕露沾我衣"的细节描写，说明作者终日劳作在田野，因此他深深地体会到了农业劳动的艰辛，它并不像那些脱离劳动的文人墨客所描写的那般轻松潇洒。但是作者仍不辞劳苦，始终坚持，正像他在《庚戌岁九月中于西田获早稻》一诗中所说的"田家岂不苦？弗获辞此难"。

尾联"衣沾不足惜，但使愿无违"表达了作者对人生道路的看法，即人生的道路只有两条：一条是出仕做官，有俸禄得以保证生活，可是难免违心地与世俗同流合污；另一条是归隐田园，靠躬耕劳动维持生计，这样可以做到随心所欲，坚持操守。当他辞去彭泽令解绶归田之际，就已经做出了选择，宁可肉体受苦，也要保持心灵的纯净。为了不违背躬耕隐居的意愿，农活再苦再累又有何惧？那么"夕露沾衣"就更不足为惜了。

在本诗中，陶渊明冲破陈旧的精神枷锁，毅然决然地辞别官场，不做劳心治人的大人物，而是心甘情愿地扛起了锄头，辛勤地躬耕垄亩，誓要做个劳力的小人物。这般无畏的精神、高尚的人格、崇高的境界，赢得了后世多少人的赞扬、敬佩乃至效仿。

学思践悟

1. 请你发挥想象，描绘"晨兴理荒秽，带月荷锄归"这一句所展现的画面。

2. 从这首诗的内容和主题来看，你认为"但使愿无违"中的"愿"具体指什么？

归园田居·其三

[东晋] 陶渊明

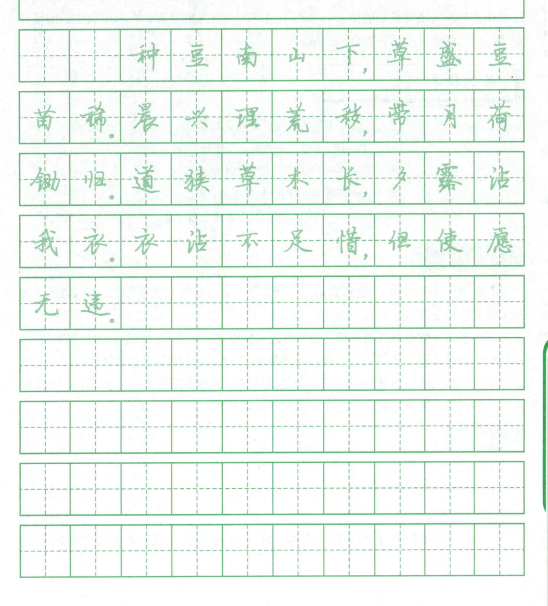

种豆南山下，草盛豆
苗稀。晨兴理荒秽，带月荷
锄归。道狭草木长，夕露沾
我衣。衣沾不足惜，但使愿
无违。

过故人庄

[唐] 孟浩然

诵读细酌

这首诗描写了作者应邀到友人家中做客的乐事。诗中描绘了美丽的田园风光，叙述了作者与友人举杯畅谈的情景，表现了朋友之间的深情厚谊和农家田园生活的简朴舒适。请朗诵这首诗，品味诗中的情感。

品读指导

故人具①鸡黍②，邀我至田家。

绿树村边合③，青山郭④外斜⑤。

开轩⑥面场圃⑦，把酒⑧话桑麻⑨。

待到重阳日⑩，还来就菊花⑪。

（选自《唐诗三百首》，中华书局，2023 年）

作者简介

孟浩然（689—740），襄州襄阳（今属湖北）人，世称"孟襄阳"，唐代诗人。他和王维并称"王孟"。

孟浩然的诗歌多为五言短篇，题材多为田园山水、隐逸和行旅等。他是继陶渊明、谢灵运、谢朓之后，开创盛唐山水田园诗派的第一人。孟诗虽也有愤世嫉俗之作，但更多是反映个人的情感体验和对自然美景的赞赏。其诗不事雕饰，清淡简朴，充满浓厚的生活气息，富有超妙自得之趣。著有《孟浩然集》。

注释

① 具：准备，置办。

② 鸡黍：指农家待客的丰盛饭食。黍，黄米。

③ 合：环绕。

④ 郭：古代城墙有内外两重，内为"城"，外为"郭"。这里指村庄的外墙。

⑤ 斜：倾斜。

⑥ 轩：窗户。

⑦ 场圃：谷场和菜园。

⑧ 把酒：端着酒具，指饮酒。把，拿起，端起。

⑨ 话桑麻：闲谈农事。桑麻，桑树和麻，这里泛指庄稼。

⑩ 重阳日：农历九月初九重阳节。古人在这一天有登高、饮菊花酒的习俗。

⑪ 就菊花：指观赏菊花。就，靠近，接近。

译文

老朋友准备丰盛的饭菜，邀请我到他的田舍做客。

翠绿的树环绕着村落，一脉青山在庄外隐隐横斜。

推开窗户面对谷场和菜园，手举酒杯闲谈庄稼的情况。

等到九九重阳节到来时，我还要来这里观赏菊花。

作品鉴赏

赏析

这首田园诗描绘了农家恬静闲适的生活情景，体现出老朋友之间的深深情谊。诗由"邀"——"至"——"望"——"约"一径写去，自然流畅。全诗用语朴实无华，叙事自然流畅，情感真挚而浓郁，意境清新隽永，可谓"清水出芙蓉，天然去雕饰"，成为自唐代以来田园诗中的佳作。

"故人具鸡黍，邀我至田家。"这首诗开头就像是日记本上的一则记事。故人"邀"而作者"至"，招之即来，看似简单而随便，但这正是不用客套的至交之间才有的交往形式。老朋友以"鸡黍"相邀，既显出田家特有风味，又见待客之简朴。正是这种不讲虚礼和排场的招待，才能

使朋友互相敞开心扉。这个开头，简单却用心，平静而自然，为下文的展开做好了铺垫，同时也奠定了全诗的基调。

"绿树村边合，青山郭外斜。"走进村庄，作者顾盼之间感受到一种清新愉悦的气息。上句漫收近景，绿树环抱，自成一统，别有天地；下句眺望远方，青山相伴，一片开阔的远景。这样由近及远地描绘坐落平畴又遥接青山的村庄，使人感到清淡幽静而又不冷傲孤僻。

"开轩面场圃，把酒话桑麻"描绘了一幅由绿树、青山、村舍、场圃、桑麻构成的优美而宁静的田园风景画；宾主的欢笑和关于桑麻的话语，都仿佛萦绕在读者耳边。这画面不同于纯然幻想的桃花源，而是更富盛唐社会的现实色彩。正是在这样的场景中，这位曾经慨叹过"当路谁相假，知音世所稀"的诗人，不仅把政治追求中所遇到的挫折和名利得失全然忘却了，就连隐居中孤独抑郁的情绪也尽数抛之脑后了。

"待到重阳日，还来就菊花。"孟浩然深深被农庄生活所吸引，于是临走时，向主人率真地表示将在秋高气爽的重阳节再来观赏菊花。淡淡两句诗，让故人相待的热情，

做客的愉快，主客之间的亲切融洽都跃然纸上。

　　一个普通的农庄，一顿简单的鸡黍饭，被孟浩然表现得这样富有诗意。作者描写的是眼前景，使用的是口头语，描述的层次也是完全任其自然，笔笔都显得很轻松。这种平易近人的风格，与作者描写的对象——朴实的农家田园生活和谐一致，可谓形式与内容的高度统一。全诗句句平衡均匀，共同构成一个完整的意境，把恬静秀美的农村风光和淳朴诚挚的情谊融为一体。

学思践悟

1．说一说你对本诗主旨的理解。
2．请具体说一说本诗表现了作者在田园生活中感受到哪些乐趣。

随学随练

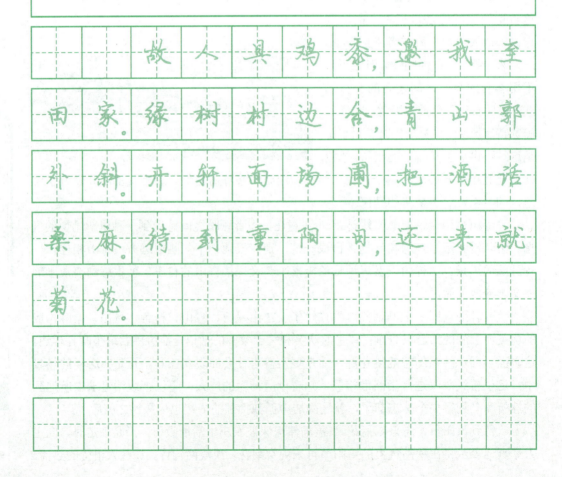

过故人庄

[唐] 孟浩然

故人具鸡黍，邀我至田家。绿树村边合，青山郭外斜。开轩面场圃，把酒话桑麻。待到重阳日，还来就菊花。

次北固山下①

[唐] 王湾

诵读细酌

王湾是开元初年北方诗人，他常年往来于吴、楚间，为江南清丽山水所倾倒，并受到当时吴中诗人清秀诗风的影响，写下了一些歌咏江南山水的作品，这首《次北固山下》就是其中最为著名的一篇。请扫描二维码聆听本诗的朗诵。

《次北固山下》朗读

品读指导

客路②青山③外，行舟绿水前。
潮平两岸阔，风正④一帆悬。
海日⑤生⑥残夜⑦，江春入旧年⑧。
乡书⑨何处达？归雁⑩洛阳边。

（选自《唐诗三百首》，中华书局，2023 年）

作者简介

王湾，洛阳（今属河南）人，唐代诗人。其诗流传不多，其中最著名的就是《次北固山下》。

注释

① 次北固山下：停宿在北固山下。次，停宿，停泊。北固山，在今江苏省镇江市东北江滨。

② 客路：旅人前行的路。

③ 青山：指北固山。

④ 风正：指风顺且和。

⑤ 海日：海上的旭日。

⑥ 生：升起。

⑦ 残夜：夜将尽之时。

⑧ 江春入旧年：江上春早，旧年未过新春已来。

⑨ 乡书：家书，家信。

⑩ 归雁：北归的大雁。

山水田园篇

9

译文

旅人前行在碧色苍翠的青山前，泛舟于微波荡漾的绿水间。

湖水上涨，两岸更显开阔，风势正顺，白帆高高扬起。

残夜将去，旭日初升海上，一年未尽，江南已初入春。

身在旅途，家书要送到哪里去？还是托付北归的大雁，让它捎到远方的洛阳。

作品鉴赏

赏析

这首诗以生动精练的语言描写了冬末春初时作者停泊在北固山下所见的青山绿水、潮平岸阔等壮丽之景。

"客路青山外，行舟绿水前。"这一联先写"客路"而后写"行舟"，表现作者身在江南神驰故里的漂泊羁旅之情。

"潮平两岸阔"的"阔"是"潮平"的结果。春潮涌涨，江水浩渺，放眼望去，江面似乎与岸齐平了，船上人的视野也因之开阔，营造出一种恢宏阔大的境界。"风正一帆悬"描写风既非轻柔无力，也非狂野不羁，而是恰到好处，才使帆能够高悬。

"海日生残夜，江春入旧年。"这一联脍炙人口，历来为人传颂。意思是：当残夜还未消退之时，一轮红日已从海上升起；当旧年尚未逝去，江上已显露春意。"生""入"两个字用了拟人的手法，赋予"海日""江春"以人的意志和情思。海日生于残夜，将驱尽黑暗；江春闯入旧年，将赶走严冬。全诗阐述了具有普遍意义的生活真理，给人以乐观、积极、向上的精神鼓舞。

海日东升，春意萌动，作者泛舟于绿水之上，继续向青山之外的"客路"驶去。这时候，一群北归的大雁正掠过晴空。雁儿正要经过洛阳啊！作者想起了"雁足传书"的故事，那就托雁儿捎个信吧。尾联紧承颈联，同时又与首联相呼应，使全篇又笼罩一层淡淡的乡思愁绪。

"海日生残夜，江春入旧年"表现了怎样的自然理趣，是如何表现的？请结合具体内容进行分析。

随学随练

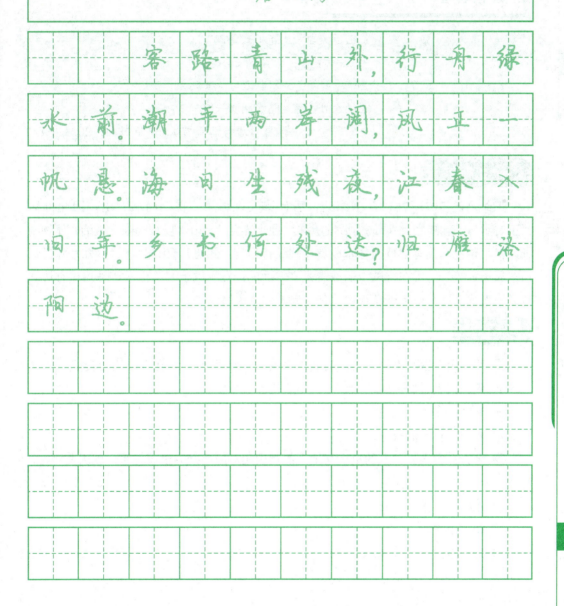

次北固山下

[唐] 王湾

		客	路	青	山	外,	行	舟	绿
水	前。	潮	平	两	岸	阔,	风	正	一
帆	悬。	海	日	生	残	夜,	江	春	入
旧	年。	乡	书	何	处	达?	归	雁	洛
阳	边。								

山水田园篇

11

终南山①

[唐] 王维

诵读细酌

这首五言律诗由远及近，移步换形，有声有色地描绘出终南山景物的万千形态。全诗笔力劲健，气韵生动，意境清新，宛若一幅山水画。请朗诵这首诗，感受王维眼中磅礴壮丽的景色。

品读指导

太乙近天都②，连山到海隅③。

白云回望合，青霭④入看无。

分野⑤中峰⑥变，阴晴众壑⑦殊⑧。

欲投人处⑨宿，隔水问樵夫⑩。

（选自《唐诗三百首》，中华书局，2023年）

作者简介

王维（约701—761），字摩诘，唐代诗人、画家。官至尚书右丞，因此世称"王右丞"。王维以山水诗最为后世所称，通过描绘田园山水以宣扬隐士生活，体物精细，状写传神，具有独特的艺术成就，代表诗作有《相思》《山居秋暝》《九月九日忆山东兄弟》等。王维在诗歌上的成就是多方面的：在主题上，除山水诗外还作有边塞诗；在形式上，有律诗还有绝句，且多为千古流传的佳作。

注释

① 终南山：秦岭山峰之一，又名"太乙山"或"南山"，在今陕西西安南。

② 天都：天帝居住的地方。一说指唐代都城长安。

③ 海隅：海角，海边。

④ 青霭：青色的薄雾。

⑤ 分野：古人将天上的星宿与地上的州国相对应而划分隶属关系，就天文而言，称为"分星"；就地理而言，称为"分野"。

⑥ 中峰：终南山主峰。

⑦ 壑：山谷。

⑧ 殊：不同。

⑨ 人处：有人居住处，有人烟处。

⑩ 樵夫：打柴的人。

巍巍的终南山高耸入云，接近天帝的住所，绵亘不绝的山峦，延伸到遥远的大海之滨。

回望山下白云滚滚连成一片，走入山中青雾却全然不见了。

终南山连绵延伸，占地极广，它的主峰划分出了两个分野，众山谷的天气也随着阴晴变化而显现出不同的样貌。

想在山中找个人家去投宿，隔水询问那樵夫可否方便？

作品鉴赏

赏析

首联"太乙近天都，连山到海隅"总写终南山之势。"近天都"道出了终南山之"高"，同时，峰峦起伏，不见边际地向海角延展开去，又可见其"广"。据志书记载："终南西起陇山，东逾商洛，绵亘千里。"作者以即目所见，结合志书所载，发挥想象，以"到海隅"写出重峰叠嶂、蜿蜒不绝的雄浑景象。首联已境界大开，为下文提供了丰富的想象与描绘空间。

颔联"白云回望合，青霭入看无"写作者入山所感。当人走进山中，回顾来时的路时，唯见群峰在白云环抱之中。向前瞻望，则青气迷蒙，然而一步步走去，却无非葱茏林树，并不见"青霭"，因此说"青霭入看无"。人们游山时经常看到的景象，一经作者熔铸为艺术形象，便觉得格外亲切。

颈联"分野中峰变，阴晴众壑殊"写作者登上山顶的感受。登上顶峰，看山的两侧已属不同的分野，足见终南山跨越之广阔。朝阳的一面为晴，背光的一面为阴，一道道高山峻岭重重叠叠，依次推开，便有了"阴晴众壑殊"之绝美景观。这一句大大增强了山的立体感。如果说"连山到海隅"是写群峰纵伸之景，那么，"阴晴众壑殊"便是展示层山横向蔓延之势。

尾联"欲投人处宿，隔水问樵夫"以富有情味的画面衬托出山谷优越的地理位置。隔涧樵夫可望而不可即，只能遥相呼唤，可见峡谷的深且长，绝非轻易绕路可至。

全诗由远及近，移步换形，按照游程进展，从各个角度写出终南山之气象。尾联一问，显现出终南山的深远比作者描绘得更甚，从而给人以无尽的余韵。

山水田园篇

终南山

[唐] 王维

		太	乙	近	天	都，	连	山	到
海	隅。	白	云	回	望	合，	青	霭	入
看	无。	分	野	中	峰	变，	阴	晴	众
壑	殊。	欲	投	人	处	宿，	隔	水	问
樵	夫。								

望洞庭①

[唐] 刘禹锡

诵读细酌

《望洞庭》朗读

"飞流直下三千尺，疑是银河落九天"是李白眼中的水；"白日依山尽，黄河入海流"是王之涣笔下的水。祖国的山山水水，从古至今吸引了不少文人墨客，他们写下了无数的美诗佳句。那么，唐代诗人刘禹锡笔下的山水又是怎样的呢？请朗诵这首诗，欣赏他眼中的山水。

品读指导

湖光秋月两相和②，潭面无风镜未磨③。

遥望洞庭山水翠，白银盘④里一青螺⑤。

（选自《唐诗学书系》，上海古籍出版社，2021 年）

作者简介

刘禹锡（772—842），字梦得，洛阳人，唐代文学家、哲学家。其诗雅健清新，多用比兴手法，如《竹枝词》《杨柳枝词》等，富有民歌特色，为唐诗中别开生面之作。白居易赞其"彭城刘梦得，诗豪者也"，故刘禹锡又有中唐"诗豪"之称。刘禹锡与白居易并称"刘白"，与柳宗元并称"刘柳"。有《刘梦得文集》。

注释

① 洞庭：湖名，在今湖南省北部、长江南岸。
② 和：和谐。这里指水色与月光交相辉映。
③ 镜未磨：像未经打磨的镜子。这里指湖面无风，水平如镜。
④ 白银盘：形容平静而又清明的洞庭湖面。
⑤ 青螺：这里用来形容洞庭湖中的君山。

译文

洞庭湖上湖光和月光交相辉映，湖面风平浪静，犹如未磨的铜镜。

远远眺望洞庭湖的山水苍翠如墨，恰似白银盘里托着青螺。

作品鉴赏

赏析

　　这首诗描写了秋夜月光下洞庭湖的优美景色。作者飞驰想象，以清新的笔调，生动地描绘出洞庭湖宁静、祥和的朦胧美，勾画出一幅美丽的洞庭山水图，表现了作者对大自然的热爱，同时也彰显出其宽广无垠的胸怀与超凡脱俗的审美情趣。

　　诗从一个"望"字着眼，"水月交融""湖平如镜"，是近望所见；"洞庭山水""犹如青螺"，是遥望所得。虽都是写望见的景象，差异却显而易见——近景美妙、别致；远景朦胧、绮丽；潭面如镜，湖水如盘，君山如螺。同时，明月与湖光互衬，银盘与青螺相映，情景交融、相得益彰。

　　"湖光秋月两相和，潭面无风镜未磨"写出了秋夜皎皎明月下洞庭湖的澄澈空明，与素月的清光交相辉映，营造出空灵、缥缈、宁静、和谐的境界。接下来，作者描绘湖上无风，迷蒙的湖面宛如未经打磨的铜镜。"镜未磨"三个字形象地表现了千里洞庭风平浪静的景象，在月光下别具一种朦胧美。"潭面无风镜未磨"以生动形象的比喻补足了"湖光秋月两相和"的诗意。因为只有"潭面无风，波澜不惊"，湖光和秋月才能两相协调。否则，湖面狂风怒号，浊浪排空，湖光和秋月无法相映成趣，也就无"两相和"可言了。

　　"遥望洞庭山水翠，白银盘里一青螺"描写作者的视线从广阔的湖光月色这一整体画面汇集到君山一点。在皓月银辉之下，君山愈显青翠，洞庭水愈显清澈，山水浑然一体，望去如同一只剔透的银盘里放了一颗小巧玲珑的青螺，十分惹人喜爱。在作者笔下，秋月之下

的湖中君山仿佛一件精美绝伦的工艺品，给人以莫大的艺术享受。作者举重若轻，将人与自然的关系表现得如此亲近，把湖山的景物描写得这样清新高远，极富浪漫色彩，这正是作者性格、情操和美学趣味的集中体现。

学思践悟

　　描写洞庭湖的诗还有许多，如孟浩然的"气蒸云梦泽，波撼岳阳城"，杜甫的"吴楚东南坼，乾坤日夜浮"。这些诗句中的洞庭湖和刘禹锡所描写的有什么不同？

望洞庭

[唐] 刘禹锡

湖光秋月两相和，潭
面无风镜未磨。遥望洞庭
山水翠，白银盘里一青螺。

山水田园篇

钱塘湖①春行

［唐］白居易

诵读细酌

　　杭州西湖不仅有美丽动人的传说，还有山川秀丽的景色。北宋文豪苏轼曾留下赞美西湖的名句"欲把西湖比西子，淡妆浓抹总相宜"，那么同在杭州任职过的白居易，对西湖又是怎样一番喜爱之情呢？今天，就让我们穿越时空的隧道，请白居易做我们的导游，来一场"钱塘湖春行"，领略西湖的大好春光。

《钱塘湖春行》朗读

品读指导

孤山寺②北贾亭③西，水面初平④云脚低⑤。

几处早莺⑥争暖树⑦，谁家新燕⑧啄春泥。

乱花⑨渐欲迷人眼，浅草⑩才能没马蹄。

最爱湖东⑪行不足，绿杨阴⑫里白沙堤⑬。

（选自《白居易选集》，上海古籍出版社，2012 年）

作者简介

　　白居易（772—846），字乐天，晚年号香山居士，唐代诗人。其祖籍太原（今山西太原西南），后迁居下邽（今陕西渭南北）。中唐时期，白居易与元稹共同倡导新乐府运动，他主张"文章合为时而著，诗歌合为事而作"，世称二人"元白"。

　　白居易的诗歌题材广泛，形式多样，语言平易通俗。其诗现存三千多首，早期诗歌多反映民生困苦，尖锐地揭发时政弊端和社会矛盾。自遭贬谪后，他远离政治纷争，诗文多怡情悦性，如长篇叙事诗《琵琶行》《长恨歌》等。有《白氏长庆集》。

注释

　　① 钱塘湖：杭州西湖。

　　② 孤山寺：位于西湖里湖与外湖之间的孤山上的寺院。

　　③ 贾亭：又叫"贾公亭"，西湖名胜之一。唐贞元（785—805）年间，贾全在杭州做官时在西湖边建造此亭。

　　④ 水面初平：春天湖水初涨，水面刚刚与湖岸齐平。初，刚刚。

　　⑤ 云脚低：白云重重叠叠，同湖面上的波浪连成一片，看上去浮云很低。云脚，接近地面的云气，多见于将雨或雨初停时。

　　⑥ 早莺：初春时早来的黄鹂。莺，黄鹂，其鸣声婉转动听。

⑦ 争暖树：争着飞到向阳的树枝上去。暖树，向阳的树。

⑧ 新燕：刚从南方飞回来的燕子。

⑨ 乱花：野花，纷繁的花。

⑩ 浅草：浅浅的青草。

⑪ 湖东：以孤山为参照物，白沙堤在孤山的东北面。

⑫ 阴：同"荫"，树荫。

⑬ 白沙堤：西湖东畔的白堤，又称"沙堤"或"断桥堤"。

译文

绕过孤山寺以北，漫步贾公亭以西，湖水初涨与岸齐平，白云垂得很低。

几只初春早来的黄鹂争栖向阳的树，谁家新飞来的燕子忙着衔泥筑巢。

野花竞相开放，让人眼花缭乱，春草还没有长高，才刚刚没过马蹄。

最喜爱湖东的美景，令人流连忘返，杨柳成排，绿荫中穿过一条白沙堤。

作品鉴赏

赏析

在中国历史上，担任过杭州刺史的不乏名人，其中最有名的莫过于唐代的白居易和宋代的苏轼。他们不但留下了叫后人缅怀的政绩，而且留下了许多描写杭州及西湖美景的诗词文章与逸闻轶事。

这首诗不但描绘了西湖旖旎的春光，以及世间万物在春色沐浴下显现出的勃勃生机，而且将作者陶醉于良辰美景中的心情和盘托出，使读者在欣赏西湖醉人风光的同时，也在不知不觉中深深地被作者那种对春天、对生命的满腔热情所感染和打动。

"孤山寺北贾亭西，水面初平云脚低。"作者开篇便说明了地点，然后顺势描写远景，只见春水荡漾，云幕低垂，湖光山色，尽收眼底。连绵不断的春雨，使得如今的水平面看上去比冬日上升了不少，眼看着就要与岸边齐平了。此刻，脚下平静的水面与天上低垂的云幕构成了一幅宁静的水墨西湖图，而正当作者陶醉在幽美的西湖风光中时，耳边却传来了婉转动听的鸟鸣声，打破了他的沉思，将其视线从水云交界处拉了回来。

"几处早莺争暖树，谁家新燕啄春泥。"这里的"几处"是许多处的意思。用"早"来形容黄鹂，体现了作者对这些鲜活生命的由衷喜爱：树上的黄鹂一大早就忙着抢占最先见到阳光的"暖树"，生怕一会儿赶不上了。一个"争"字，让人感到春光的难得与宝贵。不知是谁家檐下的燕子，此时也正忙着不停地衔泥搭窝。这里用一个"啄"字，来描写燕子那忙碌而兴奋的神情，活灵活现。黄鹂是公认的歌唱家，听着它们那婉转悠扬的歌声，让人感受到春天的妩媚；燕子是候鸟，它们随着春天一起回到了家乡，忙着重建家园，迎接崭新的生活，看着它们飞进飞出地搭窝，作者倍感生命的美好。这两句着意描绘出莺莺燕燕的动态，从而使得全诗洋溢着春的活力与生机。

接下来，作者又将视线转向了脚下的植被——"乱花渐欲迷人眼，浅草才能没马蹄"。这一联极富情感色彩与生命活力，充分显示了作者细致的观察能力和准确把握事物特征的能力。作者用"乱花"形容了春天百花竞放、五彩缤纷的景象，用"渐欲迷人眼"表达了这种繁华的花景对视觉

的强烈冲击，让人眼花缭乱，几乎要被这美景所迷惑。这里的"渐欲"用得巧妙，意味着花的美并非一成不变，而是在不断地增强，随着时间的推移，花色越来越艳，越来越吸引人的注意力。"浅草"指的是刚刚长出的嫩草，因为低矮而只能"没马蹄"。这样的描写既表现了春天的生机勃勃，又反映了作者对自然景色的细腻观察。同时，"没马蹄"也暗示了作者与友人骑马踏青的愉悦体验，给人一种轻松自在的感觉。

作者用"最爱"来形容自己对湖东的情感，表明了他对这个地方的偏爱。而"行不足"则表达了作者对湖东美景的欣赏之情无法用一次简单的行走就能满足，暗示了湖东的景色美得让人流连忘返，每次行走都只能领略到部分的美，总是感到不满足，总想一次次地回来。接着，用"绿杨阴"描写湖边杨树茂密的枝叶，它们形成了天然的阴凉，给人凉爽舒适的感觉。而白色的沙堤又与周围的绿色形成了鲜明的对比，增添了几分清新和宁静。尾联既表达了作者对西湖美景的深深喜爱，又体现出其对生活情趣的追求和对美好事物的向往。

学思践悟

这首诗的颔联和颈联借动植物的变化来反映季节特征，用词精妙，请从中找出两处并赏析。

随学随练

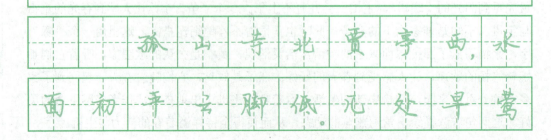

钱塘湖春行
[唐] 白居易

| 孤 | 山 | 寺 | 北 | 贾 | 亭 | 西， | 水 |
| 面 | 初 | 平 | 云 | 脚 | 低。 | 几 | 处 | 早 | 莺 |

争暖树，谁家新燕啄春泥。
乱花渐欲迷人眼，浅草才
能没马蹄。最爱湖东行不
足，绿杨阴里白沙堤。

山水田园篇

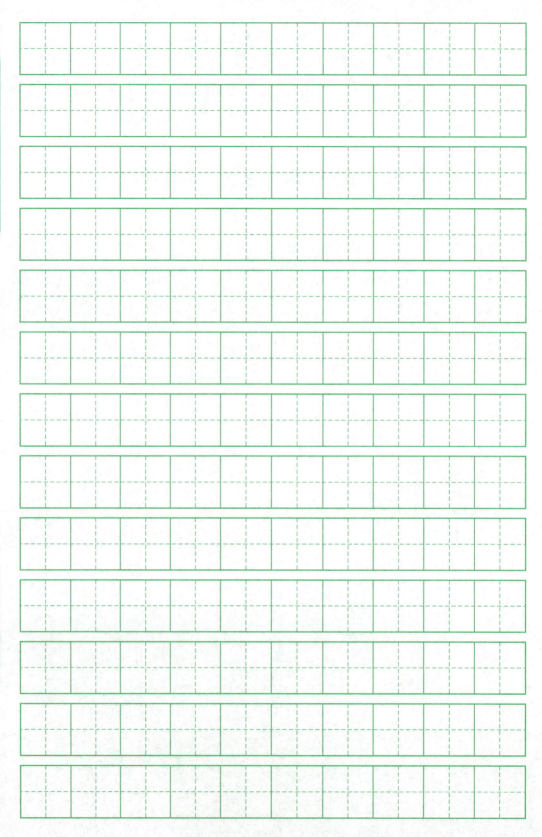

拓展阅读

石壁精舍还湖中作

[南朝宋] 谢灵运

昏旦变气候，山水含清晖。
清晖能娱人，游子憺忘归。
出谷日尚早，入舟阳已微。
林壑敛暝色，云霞收夕霏。
芰荷迭映蔚，蒲稗相因依。
披拂趋南径，愉悦偃东扉。
虑澹物自轻，意惬理无违。
寄言摄生客，试用此道推。

鸟鸣涧

[唐] 王维

人闲桂花落，夜静春山空。
月出惊山鸟，时鸣春涧中。

下终南山过斛斯山人宿置酒

[唐] 李白

暮从碧山下，山月随人归。
却顾所来径，苍苍横翠微。
相携及田家，童稚开荆扉。
绿竹入幽径，青萝拂行衣。
欢言得所憩，美酒聊共挥。
长歌吟松风，曲尽河星稀。
我醉君复乐，陶然共忘机。

独坐敬亭山

〔唐〕李白

众鸟高飞尽，孤云独去闲。
相看两不厌，只有敬亭山。

题破山寺后禅院

〔唐〕常建

清晨入古寺，初日照高林。
曲径通幽处，禅房花木深。
山光悦鸟性，潭影空人心。
万籁此都寂，但余钟磬音。

四时田园杂兴

〔南宋〕范成大

其二十五
梅子金黄杏子肥，麦花雪白菜花稀。
日长篱落无人过，惟有蜻蜓蛱蝶飞。
其三十一
昼出耘田夜绩麻，村庄儿女各当家。
童孙未解供耕织，也傍桑阴学种瓜。

西江月·夜行黄沙道中

〔南宋〕辛弃疾

明月别枝惊鹊，清风半夜鸣蝉。稻花香里说丰年，听取蛙声一片。
七八个星天外，两三点雨山前。旧时茅店社林边，路转溪桥忽见。

思亲怀乡篇

探渊索珠——暮云亲舍

　　思乡情结是人类普遍具有的情感，因为故乡、亲人之于人的意义重大。故乡，是人最先感受世界的地方，也是人成长的地方，可以说是人的"根"；而故乡的亲人也给予人外界不能给予的愉悦感、幸福感和安全感，因此，我们说故乡是人心灵的休憩之所，是人的精神家园。

　　世界各国的人都有热爱和眷恋故乡的情结，但中国人由于经历了长期的农耕生活，乡情则更加深厚和浓重。我们的祖先在土地上耕作、繁衍，与土地的感情日益升温；同时，农耕时代的劳作方式决定了家庭成员之间的协作是完成播种和收获的前提，因此，以血缘为纽带、聚族而居的生活方式在凝聚亲情方面发挥了巨大作用。这便是中国人乡土观念和乡土情感深厚的重要原因。

　　此外，古时候的交通和通信极为不便，游子离家动辄几年，甚至再难相见。因此，每当游子羁旅漂泊、思乡怀亲、孤独寂寞之时，便会通过创作诗文来倾吐内心积郁，释放内心的情感。

　　在文人墨客的笔下，我们能感受到"艰难苦恨繁霜鬓，潦倒新停浊酒杯"的悲苦之情；"春风又绿江南岸，明月何时照我还"的思归之情；"姑苏城外寒山寺，夜半钟声到客船"的漂泊之情；"独在异乡为异客，每逢佳节倍思亲"的思念之情。这些思乡怀亲的绝唱，纵使穿越千百年的雨雪风霜，仍然回响在我们耳畔。

　　本篇将详细讲述《诗经·小雅·蓼莪》、张九龄的《望月怀远》、李白的《春夜洛城闻笛》、杜甫的《秋兴八首》其一、《月夜忆舍弟》和李商隐的《夜雨寄北》这六首诗。请大家朗读诗句，感受诗人心中的思乡之情和漂泊之苦。

蓼莪①

《诗经》

千百年来，"孝"始终是中国传统文化的重要组成部分，是中华民族的传统美德。《蓼莪》就是以充沛情感表现这一美德的文学作品，是一首悼念父母的诗作。清代方玉润评价："此诗为千古孝思绝作，尽人能识。"请朗诵这首诗，品味诗中的情感。

《诗经》之美

品读指导

蓼蓼者莪，匪莪伊蒿②。
哀哀父母，生我劬劳③。

蓼蓼者莪，匪莪伊蔚④。
哀哀父母，生我劳瘁⑤。

瓶之罄⑥矣，维罍⑦之耻。
鲜民⑧之生，不如死之久矣！
无父何怙⑨，无母何恃！
出则衔恤⑩，入则靡至⑪！

父兮生我，母兮鞠⑫我。
拊我畜我⑬，长我育我，
顾我复我⑭，出入腹⑮我。
欲报之德，昊天罔极⑯！

南山烈烈⑰，飘风⑱发发⑲。
民莫不穀⑳，我独何㉑害！

南山律律㉒，飘风弗弗㉓，
民莫不穀，我独不卒㉔！

（选自《诗经译注》，上海古籍出版社，2016 年）

思亲怀乡篇

27

知识链接

《诗经》是中国古代诗歌的开端，是我国第一部诗歌总集，也称"诗三百"，相传为孔子编订。全书收录了约自西周初年至春秋中叶的诗歌共 305 篇，另有 6 篇有目无辞的笙诗。《诗经》在内容上分为"风""雅""颂"三大类。"风"是从民间采集的土风歌谣；"雅"指朝廷正乐，分为大雅、小雅；"颂"是宗庙祭祀之乐。

注释

① 蓼（lù）莪：高大的莪蒿。蓼，高大的样子。莪，莪蒿，一种草，俗称"抱娘蒿"。

② 匪莪伊蒿：不是莪而是蒿子。匪，非。伊，是。蒿，蒿子，有青蒿、白蒿等数种。

③ 劬（qú）劳：劳苦。

④ 蔚：蒿的一种，又名"牡蒿"。全草可供药用，晒干可燃烟驱蚊。

⑤ 瘁：憔悴。

⑥ 罄：尽，空。

⑦ 罍（léi）：大肚小口的酒坛。

⑧ 鲜（xiǎn）民：寡民，孤子。

⑨ 怙：依靠。

⑩ 出则衔恤：离家服役心含忧愁。出，出门，指离家服役。衔，含。恤，忧愁。

⑪ 入则靡至：回家见不到双亲。入，进门，指回家。靡至，没有亲人。《说文解字》："亲，至也。"

⑫ 鞠：养。

⑬ 拊我畜（xù）我：抚摸我啊爱护我。拊，通"抚"，抚摸。畜，爱。

⑭ 顾我复我：照顾我啊挂念我。顾，指在家时对他照顾。复，指出门后对他的挂念。

⑮ 腹：抱在怀里。

⑯ 罔极：无常，没有准则。这里指作者恨不能终养父母而归咎于天。

⑰ 烈烈：山高峻险阻的样子。

⑱ 飘风：暴风。

⑲ 发发：大风呼啸的声音。

⑳ 穀（gǔ）：赡养。

㉑ 何：通"荷"，蒙受。

㉒ 律律：山高耸突起的样子。

㉓ 弗弗：大风扬尘的样子。

㉔ 不卒：不得送终父母。

看那莪蒿长得高，却非莪蒿是蒿草。
可怜我的爹和娘，生我养我太辛劳。

看那莪蒿相依偎，却非莪蒿只是蔚。
可怜我的爹和娘，生我养我太憔悴。

酒瓶早已空了底，酒坛应该觉羞耻。
孤儿活在世界上，不如早些就死掉！
没有父亲何所依，没有母亲何所靠！
离家服役心含悲，回来双亲见不到！

爹爹呀你生下我，妈妈呀你抚养我。
抚摸我啊爱护我，养我长大教育我，
照顾我啊挂念我，出入家门怀抱我。
如今想报爹娘恩，没想老天降灾祸！

南山崎岖行路难，狂风呼啸刺骨寒。
人人都能养爹娘，独我服役受苦难！

南山高耸把路挡，狂风呼啸尘飞扬。
人人都能养爹娘，独我不能去奔丧！

作品鉴赏

赏析

全诗共六章，可大致分为三层。

前两章是第一层，以莪蒿起兴引出文章主旨，即父母生养"我"的艰辛与劳累，抒发作者心中的悲悼之情，同时将读者带入悲凉的语境中。

第三、四章是第二层，作者首先通过"瓶""罍"的比喻说明对父母没有尽到该尽的孝心而感到耻辱，然后连用"生""鞠""拊""畜""长""育""顾""复""腹"这九个动词与"我"，生动细腻地写出父母生养"我"的辛苦，歌颂了父母的恩情，感谢了父母的恩德，同时抒发出作者欲报父母而不得的无限哀痛。

最后两章是第三层，用高耸的"南山"比作父母的恩情，用吹拂的"飘风"写孝子的悲苦，情景交融，虚实相生，"烈烈""发发""律律""弗弗"四组叠字加重了作者的哀思，进一步烘托出其失去双亲的悲怆与痛苦。

思亲怀乡篇

29

赋、比、兴交替使用是《诗经》的一大特色。三种手法灵活运用，前呼后应，回旋往复，传达着孤子的哀伤情思，极具艺术感染力。

子女赡养父母，孝敬父母，是中华民族的传统美德，实际也应该是人类社会的道德义务。此诗情感充沛，对后世影响极大，不仅在诗词文赋中多有引用，甚至在朝廷下的诏书中也屡屡言及。《诗经》这部典籍对民族心理、民族精神形成的影响由此可见一斑。

学思践悟

举例说明《诗经》"重章叠句"的特点并分析其作用。

随学随练

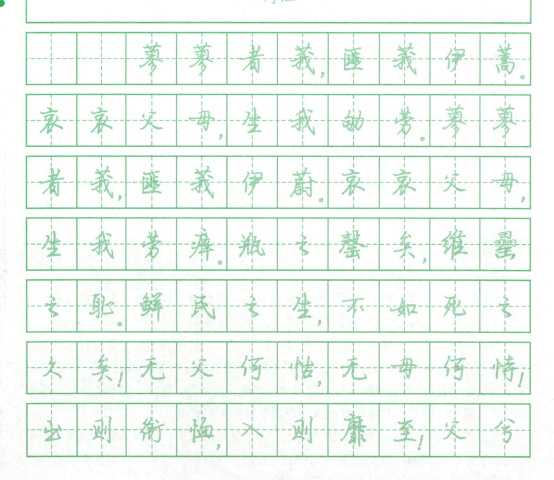

蓼 莪

《诗经》

蓼蓼者莪，匪莪伊蒿。哀哀父母，生我劬劳。蓼蓼者莪，匪莪伊蔚。哀哀父母，生我劳瘁。瓶之罄矣，维罍之耻。鲜民之生，不如死之久矣！无父何怙，无母何恃！出则衔恤，入则靡至！父兮……

生我，母兮鞠我。拊我畜我，长我育我，顾我复我，出入腹我。欲报之德，昊天罔极！南山烈烈，飘风发发。民莫不穀，我独何害！南山律律，飘风弗弗，民莫不穀，我独不卒！

望月怀远

[唐] 张九龄

诵读细酌

　　唐玄宗开元年间，在朝中任宰相的张九龄遭奸相李林甫诽谤排挤后，于开元二十四年（736）罢相。《望月怀远》这首诗应写于张九龄遭贬荆州长史以后，是作者在离乡时，望月而思念远方亲人所写的。请朗诵这首诗，品味诗中的情感。

品读指导

> 海上生明月，天涯共此时。
> 情人①怨遥夜②，竟夕③起相思。
> 灭烛怜光满④，披衣觉露滋⑤。
> 不堪盈手⑥赠，还寝⑦梦佳期。

（选自《唐诗三百首》，中华书局，2023年）

作者简介

　　张九龄（673 或 678—740），唐代大臣、诗人。字子寿，一名博物。韶州曲江（今广东韶关西南）人。张九龄为唐代名相，其为人刚正不阿，敢于直言进谏，深谋有远识。同时，他又工诗能文，为盛唐重要诗人。其写景抒情之作，秀雅清淡；所作《感遇诗》，抒怀感事，以格调刚健著称。著有《曲江集》。

注释

① 情人：有怀远之情的人，此处是作者自称。
② 怨遥夜：因离别而幽怨失眠，抱怨夜长。遥夜，长夜。
③ 竟夕：终夜，通宵。
④ 怜光满：爱惜满屋的月光。怜，爱惜。满，指月光洒满屋内。
⑤ 滋：沾湿。
⑥ 盈手：满手。
⑦ 还寝：回到卧室。

译文

　　辽阔无边的大海上升起一轮明月，使人想起了远在天涯海角的亲友，此时此刻也该是望着同一轮明月。

　　怀念远方的人都怨恨月夜漫长，整夜不眠而思念着亲人。

熄灭蜡烛爱怜这满屋月光，我披衣徘徊深感夜露寒凉。

月华虽好但是不能相赠，不如到梦中寻觅佳期。

作品鉴赏

赏析

起句"海上生明月"意境雄浑阔大，它和谢灵运的"池塘生春草""明月照积雪"，谢朓的"大江流日夜"以及作者自己的"孤鸿海上来"等句齐名，表面上看起来朴实无华，没有一个奇特的字眼，没有一分浓艳的色彩，却自然而然地流露出一种高雅雄浑的气势。这一句以景抒情，巧妙地点明了"望月"这一主题。

第二句"天涯共此时"由景入情，带领读者缓缓走入"怀远"之境。此句与前人谢庄《月赋》中的"隔千里兮共明月"和后世苏轼《水调歌头·明月几时有》中的"但愿人长久，千里共婵娟"相映成趣。三者都在描写月夜之思，却因手法和体裁的不同而各具特色：谢庄以赋述怀，苏轼以词抒怀，而张九龄则以诗言志，可谓各有所长，各显其妙。这两句将诗题中的情景瞬间呈现在读者眼前，充分表现出张九龄浑然天成、自然流畅的创作风格。

颔联直抒作者对远方友人的思念之情，也在整首诗中起到了情感转折的作用。一个"怨"字不仅表达了作者对长夜的埋怨，更体现出其不能与思念之人团聚的无奈和遗憾。"竟夕起相思"无疑深化了这一情感，强调思念至深让作者彻夜难眠。

颈联承接颔联，具体描绘了作者彻夜难眠的情景。先写他徘徊于室内，吹熄了蜡烛，爱怜这满屋的皎洁月光；再写他流连于庭院之中，感到露水渐浓而沾湿了衣襟。细腻的描写使人如临其境，感同身受。

尾联构思奇妙，意境清幽，是整首诗情感的高潮。作者化用了西晋文学家陆机的"照之有余辉，揽之不盈手"两句，道出无尽情思，给读者留下了深刻的印象，令人回味无穷。

学思践悟

作者写明月用"生"而不是"升"，唐代诗人张若虚在《春江花月夜》一诗中同样写"春江潮水连海平，海上明月共潮生"。谈一谈你的理解。

随学随练

望月怀远

[唐] 张九龄

海上生明月，天涯共
此时。情人怨遥夜，竟夕起
相思。灭烛怜光满，披衣觉
露滋。不堪盈手赠，还寝梦
佳期。

春夜洛城①闻笛

[唐] 李白

诵读细酌

这首诗作于唐玄宗开元二十二年（734）或二十三年（735）。当时李白客居洛阳，在夜深人静时，听到不知从何处传来的悠扬笛曲《折杨柳》，引发了强烈的思乡之情，故作此诗。请朗诵这首诗，品味诗中的情感。

品读指导

谁家玉笛②暗飞声③，散入春风④满洛城。
此夜曲中闻折柳⑤，何人不起故园⑥情！

（选自《唐诗鉴赏辞典》，上海辞书出版社，2013 年）

作者简介

李白（701—762），唐代诗人，字太白，号青莲居士。少年时期即显露才华，吟诗作赋，博学广览，并好行侠仗义。25 岁离川，长期在各地漫游，饱览名山大川，对社会生活多有体验。其诗彰显了蔑视权贵的傲岸精神，对当时腐败政治进行了深刻的批判，对人民的疾苦表达了深切的同情，对"安史之乱"的叛乱势力给予了强烈的谴责。同时，李白在描绘壮美自然景色方面也颇具才华，充分表达了对祖国山河的深厚情感。

其诗风雄浑豪放，想象丰富，语言流畅自然，音律和谐多变。他善于从民歌和神话中汲取养分，从而形成其独特的艺术风格。作为屈原之后最具个性和浪漫主义精神的诗人，李白推动了盛唐诗歌艺术的发展，并使之达到巅峰。因此，他被后人尊称为"诗仙"，与杜甫齐名，世称"李杜"。有《蜀道难》《行路难》《梦游天姥吟留别》《静夜思》《早发白帝城》等家喻户晓、广为传诵的诗作。有《李太白集》。

注释

① 洛城：今河南洛阳。
② 玉笛：精美的笛子。
③ 暗飞声：声音不知从何处传来。
④ 春风：春天的风。

⑤ 折柳：指《折杨柳》笛曲，是乐府"鼓角横吹曲"调名，内容多写离情别绪。曲中表达了送别时的哀怨感情。

⑥ 故园：故乡，家乡。

译文

这是从谁家传出的悠扬笛声呢？它随着春风传遍了洛阳城。

远离家乡的人今夜听到《折杨柳》的曲子，谁能不生出怀念故乡的愁情呢？

作品鉴赏

赏析

全诗紧扣一个"闻"字，抒写了作者闻笛的感受。诗的第一句是猜测性的问句。那未曾露面的吹笛人只管自吹自听，却不经意地打动了许许多多的听众，这就是"谁家玉笛暗飞声"中的"暗"字所包含的意味。第二句说这笛声随着春风传遍了洛阳城。这是作者的想象，同时运用了夸张的艺术手法，然而这夸张并非空穴来风，笛声本就高亢，在夜深人静之时，再加上春风的助力，说它传遍洛阳城也并不过分。第三句说春风传来的笛声是表现离情别绪的《折杨柳》，因此，第四句"何人不起故园情"直抒胸臆，表达了作者对故园的深深思念。全诗水到渠成，余韵袅袅，久久萦绕于读者心间，令人回味无穷。

短短的一首七言绝句，颇能显现李白的风格特点，即艺术表现上的主观倾向。李白二十几岁便离家游历四方，在异地他乡夜闻《折杨柳》而触发的相思情真意切，扣人心弦，历经千百年仍能引发旅人、游子的强烈共鸣。

热爱故乡是一种崇高的情感，与爱国主义精神紧密相连。作者的故乡，是哺育他的地方，那里的一切对于作者来说都是意义非凡的。李白这首诗写的是闻笛，但它的意义不限于描写音乐，还真切地表达了他对故乡的思念，这才是本诗感人的地方。

学思践悟

前人在评论这首诗时曾说"折柳"二字是全诗的关键。说一说你的看法。

春夜洛城闻笛

[唐] 李白

		谁	家	玉	笛	暗	飞	声,	散
入	春	风	满	洛	城。	此	夜	曲	中
闻	折	柳,	何	人	不	起	故	园	情!

思亲怀乡篇

37

秋兴八首·其一

[唐] 杜甫

诵读细酌

　　本诗写于大历元年（766）秋天。当时，"安史之乱"刚结束不久，李唐王朝仍面临北方军阀重新割据的危险；同时，唐朝与吐蕃在剑南川西的战争也接连不断。《秋兴八首》就是在这样动荡不安的社会背景下写就的。八首诗各自独立又相互联系，一脉相通，在思想内容和艺术创新方面都达到了很高的境界。

《秋兴八首》其一 朗读

品读指导

玉露①凋伤②枫树林，巫山巫峡气萧森③。
江间波浪兼天④涌，塞上⑤风云接地阴⑥。
丛菊两开⑦他日⑧泪，孤舟一系⑨故园心。
寒衣⑩处处催刀尺⑪，白帝城⑫高急暮砧⑬。

（选自《杜诗详注》，中华书局，2015 年）

作者简介

　　杜甫（712—770），唐代伟大的现实主义诗人。字子美，自号少陵野老。他自幼好学，知识渊博且颇有政治抱负。开元后期，参加科举考试落榜，便游历各地。天宝三年（744），在洛阳与李白相识。杜甫的诗作多选择具有普遍意义的社会题材，大胆揭露当时的社会矛盾，反映民生疾苦；在艺术上形式多样，语言精练。总之，杜甫既继承和发展了《诗经》以来注重反映社会现实的文学传统，又引领中国古代诗歌登上又一高峰，可见其对中国古代诗歌的影响之深远。他被后人尊称为"诗圣"，其诗被称为"诗史"。代表作有《兵车行》《自京赴奉先县咏怀五百字》《春望》《三吏》《三别》等。有《杜工部集》。

注释

① 玉露：白露。
② 凋伤：使草木凋落、衰败。
③ 萧森：萧瑟阴森。
④ 兼天：连天。
⑤ 塞上：指巫山。

⑥ 接地阴：风云离地面很近，显得很阴沉。

⑦ 两开：第二次开放，这里指第二次看到。杜甫于唐代宗永泰元年（765）五月离开成都，打算由水路离蜀回故乡，但因为各种原因滞留夔（kuí）州，至此已经过去两个秋天了，所以说第二次看到菊花开。

⑧ 他日：往日。

⑨ 系：系舟上岸。

⑩ 寒衣：冬天穿的衣服。

⑪ 催刀尺：指赶裁新衣。

⑫ 白帝城：古城名，在今重庆奉节东部的白帝山上，为东汉初年公孙述所筑，公孙述自号白帝，故称此城为"白帝城"。

⑬ 急暮砧：黄昏时急促的捣衣声。砧，捣衣石。

译文

枫树在深秋露水的侵蚀下逐渐凋零、衰败，巫山和巫峡也笼罩在萧瑟阴森的迷雾中。

巫峡里面波浪滔天，上空的乌云像是要压到地面上来了，天地一片阴沉。

花开花落已两年，看着盛开的花，想到两年未曾回家，就不免伤心落泪。小船还系在岸边，虽然我不能东归，飘零在外的我，心却长系故乡。

又在赶制冬天御寒的衣服了，白帝城上急促的捣衣声一阵接着一阵。

作品鉴赏

赏析

本诗是《秋兴八首》中的第一首，不仅起到了引领整组诗的作用，还为之定下了"抒羁旅之愁，悲国家之事"的基调。

首联通过对巫山、巫峡秋景的形象描绘，暗示阴沉萧森、动荡不安的社会环境。

颔联承接上联展开描写。"江间"写巫峡，"塞上"写巫山。波浪在地却说兼天而涌，风云在天却言接地而阴。作者纵目驰骋，自下而上，自上而下，生动地描写了巫山、巫峡的萧森景象。

作者从颈联开始转而由景抒情。"丛菊两开"指离蜀已经两个秋天了，"孤舟一系"指眼下旅途的飘零，而"他日泪"则生悲情于从前，"故园心"则托相思于万里。

尾联作者将关注的焦点转移到生活中来。风霜凄紧，严冬将至，那千家万户的刀尺声和捣衣声急切地响起，怎能不令人泛起岁暮日晚、羁旅无依的伤感呢？而作者的凄苦之情与思乡之意皆在不言中。

全诗感物伤怀，借深秋衰惨冷寂的景象表达人至暮年、漂泊无依、空怀抱负的悲凉心境，表达了作者深切的身世之悲、离世之苦和故园之思。

学思践悟

1. 找出诗中描写景物的词语，说一说这些景物表达了作者怎样的思想感情。
2. 说一说你对"丛菊两开他日泪，孤舟一系故园心"的理解。

随学随练

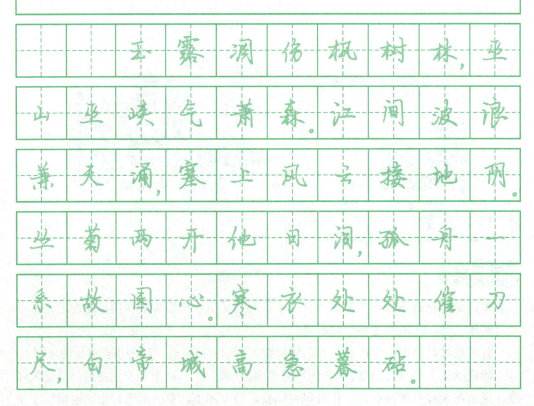

秋兴八首·其一

［唐］杜甫

玉露凋伤枫树林，巫山巫峡气萧森。江间波浪兼天涌，塞上风云接地阴。丛菊两开他日泪，孤舟一系故园心。寒衣处处催刀尺，白帝城高急暮砧。

月夜忆舍弟

〔唐〕杜甫

诵读细酌

这是一首五言律诗。作者闻戍鼓，听雁声，见寒露，感物伤怀，想到兄弟因战乱而离散，居无定所，毫无音讯，对兄弟的忧虑和思念之情油然而生。请朗诵这首诗，品味诗中的情感。

品读指导

戍鼓①断人行②，秋边③一雁④声。

露从今夜白⑤，月是故乡明。

有弟皆分散，无家⑥问死生。

寄书长⑦不达，况乃⑧未休兵⑨。

（选自《唐诗三百首》，中华书局，2023 年）

注释

① 戍鼓：戍楼（边防驻军的瞭望楼）上的更鼓。

② 断人行：指鼓声响起后，就开始宵禁。

③ 秋边：一作"边秋"，秋天的边地。

④ 一雁：孤雁。古人以排列整齐而有次序的大雁比喻兄弟，"一雁"是作者暗喻自己孤独。

⑤ 露从今夜白：今日适逢白露节气。

⑥ 无家：当时杜甫的老家巩县（今河南巩义西南）毁于"安史之乱"，已无人。

⑦ 长：一直，总是。

⑧ 况乃：何况是。

⑨ 未休兵：战争还没有结束。

译文

戍楼响过更鼓，路上已没了行人的身影；秋天的边塞，传来了孤雁的哀鸣。

从今夜就进入了白露节气，月亮还是故乡的最明亮。

虽然有兄弟但都离散天涯海角，家园无存，互相间都无从得知死生的消息。

寄去洛阳的书信总是无法到达，更何况烽火连天，战乱还没有停止。

首联"戍鼓断人行，秋边一雁声"描绘了一幅边塞秋天的图景。"戍鼓"是作者所闻，"断人行"是作者所见，耳目之所及皆是一片荒凉景象，符合当时战乱频繁、社会动荡的历史背景。远处传来孤雁的哀鸣不仅没有带来一丝生气，还衬得这本就凄凉不堪的边塞秋景更加沉寂。两句诗看似与题目"月夜"无关，实则点明了"月夜"的背景，同时也为下文渲染出浓重而悲凉的气氛。

"露从今夜白"既是描写景物，也点明了时令。"月是故乡明"虽也是写景，却不完全是客观事实，而是融入了作者的主观感情。明明普天之下共一轮明月，作者却偏说故乡的最为明亮；明明是作者的心理作用，偏说得如此肯定，不容置疑。然而，这种以幻作真的手法并未让人觉得不合情理，因为它深刻地表现了作者微妙的心理，突出其对故乡的感怀之情。这两句诗化用江淹《别赋》中的"明月白露"，不仅使诗句更具鲜明的画面感，更在字里行间透露出一种雄浑的气势，可见杜甫化平凡为神奇的非凡艺术造诣。

以上两联信手挥写，若不经意，看似与"忆弟"无关，实际上闻戍鼓、听雁声、见寒露都使作者感物伤怀，尽显思念之情，所以是字字忆弟，句句有情。

颈联"有弟皆分散，无家问死生"上句说弟兄离散，天各一方；下句说家园无存，亲人生死未卜，写得伤心断肠，感人至深。同时，这两句诗也概括了"安史之乱"时期，人民饱经忧患、历经丧乱的普遍遭遇，从而引发了人内心最深处的共鸣。

尾联紧承颈联，进一步抒发了作者内心的忧虑之情。亲人们因战乱而四处流散，平日里传递书信已是难上加难，而今战火连天，更让这份牵挂与忧虑难以名状。此联含蓄而蕴藉，读来令人动容。

读了这首诗，我们便能明白杜甫之所以能创作出"烽火连三月，家书抵万金"这样凝练而发人深省的诗句，正是来源于他深刻的生活体验与真挚的情感。可见，深刻的生活体验无疑是艺术创作最深厚的灵感源泉。

月亮明明在哪里都是一样明亮，但作者为何偏偏说"月是故乡明"？

思亲怀乡篇

43

随学随练

月夜忆舍弟
[唐]杜甫

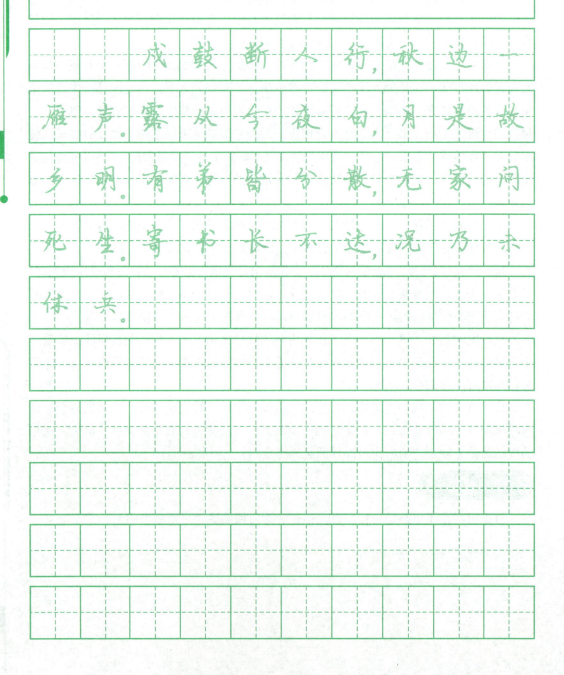

戍鼓断人行，秋边一雁声。露从今夜白，月是故乡明。有弟皆分散，无家问死生。寄书长不达，况乃未休兵。

夜雨寄北①

[唐] 李商隐

诵读细酌

古代通信极不方便，寄出一封信往往很长时间才能收到对方的回复，甚至有一些信永远都寄不出或收不到，加上古人常常为谋取一官半职而离乡宦游，与家人聚少离多，因而很多人深受思乡羁旅之苦，李商隐便是其中的一个。这首诗是李商隐滞留巴蜀时寄给长安亲友之作，从诗歌内容和所蕴含的情感来看，收信人与作者的关系是十分亲密的。请朗诵这首诗，体会作者的真挚情感。

《夜雨寄北》朗读

品读指导

君②问归期③未有期，巴山④夜雨涨秋池⑤。
何当⑥共剪西窗烛⑦，却话⑧巴山夜雨时。

（选自《唐诗三百首》，中华书局，2023 年）

作者简介

李商隐（813—858），字义山，号玉谿生，怀州河内（今河南沁阳）人，是晚唐最出色的诗人之一。他擅长诗歌写作，骈文也颇有成就，和杜牧并称"小李杜"，又与温庭筠并称"温李"。其诗富于文采，构思巧妙，风格独具，既有对缠绵悱恻、美好爱情的描绘，如《无题》《锦瑟》等；也有对宦官擅权、时政弊端等的反映，如《行次西郊作一百韵》《有感二首》《重有感》等。有《李义山诗集》。后人辑有《樊南文集》《樊南文集补编》。

注释

① 寄北：写诗寄给在北方的人。作者当时在巴蜀，他的亲友在长安，所以说"寄北"。

② 君：对对方的尊称，相当于现代汉语中的"您"。

③ 归期：回家的日期。

④ 巴山：大巴山，指汉江支流河谷地以东，重庆、陕西、湖北三省市边境的山地。这里泛指巴蜀一带。

⑤ 秋池：秋天的池塘。

⑥ 何当：什么时候。

⑦ 剪西窗烛：剪烛，剪去燃焦的烛芯，使烛光更明亮。这里的意思是深夜秉烛长谈。

⑧ 却话：追忆，追述。

译文

你问我回家的日期，我还没有确定；此刻巴山的雨淅淅沥沥，雨水已涨满了秋池。什么时候我们才能一起秉烛长谈，相互倾诉今宵巴山夜雨中的思念之情。

作品鉴赏

赏析

"君问归期未有期"以问答的形式开篇，既表现出来信人对作者的关切，又透露出作者因无法确定归期而深感无奈与愁苦。一问一答之间，情感跌宕起伏，极富表现力。尽管诗前省略了大段内容，但我们根据诗的内容可以推断，此前作者收到了亲友的来信，信中盼望作者能够早日回归故里，与之团聚。由此，流露出作者的羁旅之愁和不得归之苦。

"巴山夜雨涨秋池"一句通过对巴山夜雨的景象的描写，进一步渲染了作者孤寂、凄凉的心境，以及用一个寄人离思的景象表达对亲友的深切思念。同时，这一景象也增添了诗歌的意境美，使读者能够感受到作者所处的环境氛围。

第三、四句"何当共剪西窗烛，却话巴山夜雨时"，道出了作者的想象与期望，表达了作者对未来团聚时幸福情景的憧憬。作者设想与亲友在西窗下一起剪烛芯，秉烛长谈，回忆此时巴山夜雨的情景。这种虚写未来的手法，既反衬了今夜的孤寂，又为诗歌增添了意蕴与美感。

这首诗既描写了作者今日身处巴、山倾听秋雨时的寂寥之苦，又畅想了来日聚首之时的幸福场景。"巴山夜雨"四个字在诗的首末重复出现，令人荡气回肠。全诗感情真挚，构思精巧，语言质朴，意境深远，可谓中国古典诗歌的瑰宝之一。

学思践悟

本诗寥寥数字，却出现两次"巴山夜雨"。说一说两次"巴山夜雨"分别表现了作者怎样的情感。

夜雨寄北

[唐] 李商隐

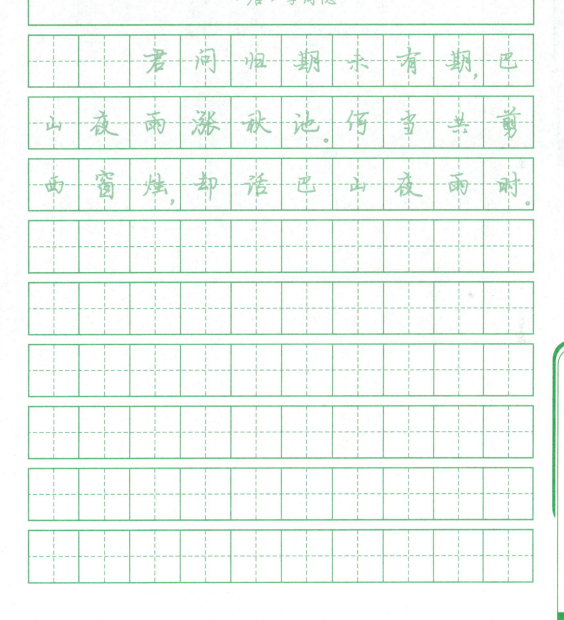

君问归期未有期，巴
山夜雨涨秋池。何当共剪
西窗烛，却话巴山夜雨时。

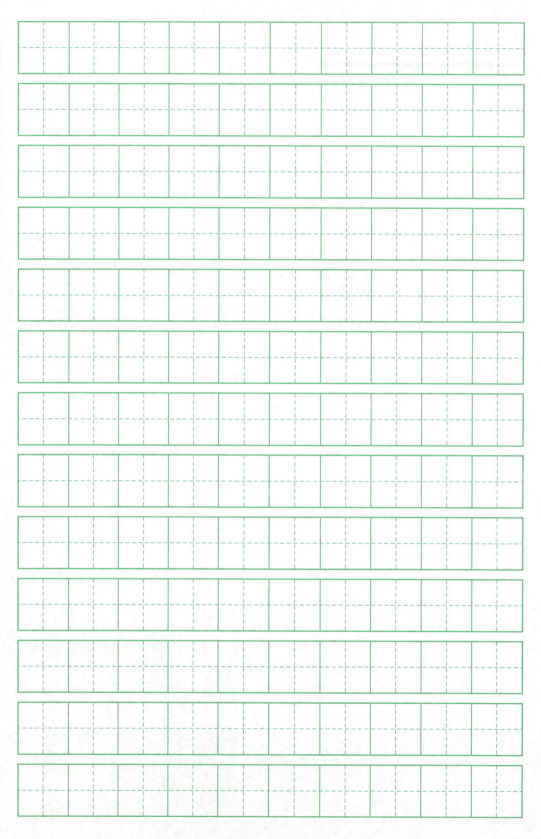

拓展阅读

除夜作

[唐] 高适

旅馆寒灯独不眠，客心何事转凄然？
故乡今夜思千里，霜鬓明朝又一年。

黄鹤楼

[唐] 崔颢

昔人已乘黄鹤去，此地空余黄鹤楼。
黄鹤一去不复返，白云千载空悠悠。
晴川历历汉阳树，芳草萋萋鹦鹉洲。
日暮乡关何处是？烟波江上使人愁。

夜上受降城闻笛

[唐] 李益

回乐烽前沙似雪，受降城外月如霜。
不知何处吹芦管，一夜征人尽望乡。

秋　思

[唐] 张籍

洛阳城里见秋风，欲作家书意万重。
复恐匆匆说不尽，行人临发又开封。

与浩初上人同看山寄京华亲故

[唐] 柳宗元

海畔尖山似剑铓，秋来处处割愁肠。
若为化得身千亿，散上峰头望故乡。

思亲怀乡篇

49

题都城南庄

[唐] 崔护

去年今日此门中，人面桃花相映红。
人面不知何处去，桃花依旧笑春风。

商山早行

[唐] 温庭筠

晨起动征铎，客行悲故乡。
鸡声茅店月，人迹板桥霜。
槲叶落山路，枳花明驿墙。
因思杜陵梦，凫雁满回塘。

章台夜思

[唐] 韦庄

清瑟怨遥夜，绕弦风雨哀。
孤灯闻楚角，残月下章台。
芳草已云暮，故人殊未来。
乡书不可寄，秋雁又南回。

旅次朔方

[唐] 刘皂

客舍并州已十霜，归心日夜忆咸阳。
无端更渡桑乾水，却望并州是故乡。

赠友送别篇

探渊索珠——悲欢合散

在漫长的岁月长河中，离别总是以它独有的方式，悄然编织着人与人之间最细腻的情感纽带。为了纪念这一重要时刻，古人常设宴饯行，举杯对饮，同时还会作诗相赠。因此，留下了不少感人至深、流传千古的送别诗。

古往今来，有不少诗人会借助离别时的景物来表达依依不舍、伤感惆怅之情。例如，王维的《送元二使安西》："渭城朝雨浥轻尘，客舍青青柳色新。劝君更尽一杯酒，西出阳关无故人。"诗中，那清晨的细雨、青青的客舍、嫩绿的柳枝，以及那一杯接一杯的离别之酒，勾勒出一幅生动而感人的送别图景。又如，刘长卿的《送灵澈》："苍苍竹林寺，杳杳钟声晚。荷笠带斜阳，青山独归远。"全诗篇幅虽短，却句句如画，只字未提离别，却让读者从景中感受到无限的眷恋与不舍。

此外，还有不少诗人借送别诗来抒发自己内心的情怀。例如，李白的《宣州谢朓楼饯别校书叔云》虽是送别诗，却没有直言离别，而是借此抒发自己怀才不遇的愤懑之情，表达了对现实社会的不满以及对光明世界的美好追求。又如，王维的《春夜竹亭赠钱少府归蓝田》，通过赞赏钱少府归隐之举，表达了自己对隐逸生活的向往以及超脱世俗、追求自由的人生态度。

正是这些饱含深情的送别诗，让我们得以窥见古人那细腻而真挚的情感世界。它们并非文字的堆砌，而是心灵的共鸣和情感的宣泄。今天，当我们再次吟诵这些经典之作时，不仅要领略其艺术魅力，更要从中汲取面对离别时的勇气和力量。

本篇将详细讲述王勃的《送杜少府之任蜀州》、李颀的《送魏万之京》、王维的《送梓州李使君》、李白的《送友人》《闻王昌龄左迁龙标遥有此寄》《渡荆门送别》、刘长卿的《饯别王十一南游》这七首诗。接下来，让我们循着那悠扬的诗句，穿越时空的隧道，重回那些离别的瞬间，体会诗人那份难以割舍的情谊。

送杜少府之任蜀州①

［唐］王勃

诵读细酌

　　这首诗是作者为即将去蜀州赴任的朋友而作的送别诗。一句"海内存知己，天涯若比邻"一洗往昔送别诗中的悲苦缠绵之态，体现了诗人高远的志向和豁达的情怀。请朗诵这首诗，体会诗中的情感。

《送杜少府之任蜀州》赏析

品读指导

> 城阙②辅③三秦④，风烟望五津⑤。
> 与君离别意，同是宦游人⑥。
> 海内⑦存知己⑧，天涯⑨若比邻⑩。
> 无为⑪在歧路⑫，儿女共沾巾⑬。

（选自《唐诗三百首》，中华书局，2023 年）

作者简介

　　王勃（649 或 650—676），字子安，绛州龙门（今山西河津）人，唐代文学家。他与杨炯、卢照邻、骆宾王以文辞齐名，世称"初唐四杰"。王勃擅长五言律诗，其诗内容侧重于描写个人经历，多为思乡怀人、酬赠答谢之作，风格清新秀丽，既注重文辞又颇有气势。有《王子安集》。

注释

① 蜀州：指蜀川，今四川岷江流域。
② 城阙：指长安。
③ 辅：护卫。
④ 三秦：指陕西关中一带。秦朝末年，项羽破秦，把关中分为三区，分别封给三个秦国的降将，所以称"三秦"。
⑤ 五津：长江在蜀中一段（岷江）的五个渡口，即白华津、万里津、江首津、涉头津、江南津。这里泛指蜀地。
⑥ 宦游人：在外求官的人。
⑦ 海内：四海之内，即全国各地。传说我国疆土四周环海，所以称国境以内为"海内"。
⑧ 知己：彼此相知而又情谊深挚的朋友。

⑨ 天涯：这里比喻极远的地方。

⑩ 比邻：近邻。

⑪ 无为：不用，不要。

⑫ 歧路：岔路。古人送行时常在大路分岔口告别。

⑬ 沾巾：泪水沾湿别在腰上的佩巾。这里指分别时哭哭啼啼。

译文

三秦之地护卫着巍巍长安，透过那风云和烟雾遥望蜀川。

和你离别，我的心中怀着无限情意，因为我们同是在外奔波仕途的人。

四海之内有知心朋友存在，即便远在天涯海角，也感觉像近邻一样。

不要在岔口分手时哭哭啼啼，儿女情长。

作品鉴赏

赏析

这首诗是送别诗中的名作。首联"城阙辅三秦，风烟望五津"以长安城和三秦之地为背景，点明了作者送别友人的地点，突出了此地雄浑阔大的气势，进而点出友人即将赴任的地点，即风烟弥漫的蜀州。作者巧用一个"望"字，不仅增添了诗的意境，更蕴含了惜别之情。这一句给人以天地辽阔、意境高远之感，为全诗奠定了豪迈壮阔的感情基调。

颔联"与君离别意，同是宦游人"，直接点出了离别这一主旨，但随即以"同是宦游人"安慰友人，说明两人都是远离故土、宦游他乡的人，对离别应该有更多的体悟和理解，以减轻友人的悲凉和孤独之感。这两句诗不仅体现出作者对友人的深情厚谊和体贴入微，更展现出作者阔大的胸襟。

颈联"海内存知己，天涯若比邻"，作者在这一联中高度概括了与友人之间江山都难以阻隔的深厚友情，认为心中有彼此，即使相隔万里也仿佛近在咫尺。作者的这种超越时空的友情观，不但使全诗升华到一种更高的美学境界，而且彰显出作者广阔非凡的气度和对友人真挚的情谊，给人以莫大的安慰和鼓励，因而成为脍炙人口的千古名句。

尾联"无为在歧路，儿女共沾巾"旨在劝勉友人不要因离别而伤感落泪，鼓励友人坦然面对，勇往直前。这种勉励之辞，既是对友人的叮咛，也是诗人自己情怀的吐露。

全诗语言简洁明快，对仗工整，音韵和谐。作者没有堆砌大量的辞藻和典故，只是用朴素的语言表达对友人的关心，抒写自己的情怀。这首诗以其独特的情感表达和深邃的意境而广受赞誉，成为千古流传的经典之作。

学思践悟

高适《别董大》一诗中哪句与"海内存知己，天涯若比邻"的意境相仿？试分析两句诗分别好在哪里。

送杜少府之任蜀州

[唐] 王勃

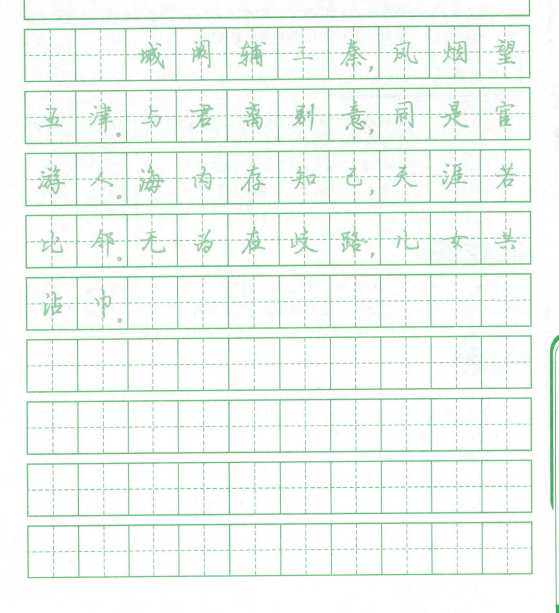

城阙辅三秦，风烟望五津。与君离别意，同是宦游人。海内存知己，天涯若比邻。无为在歧路，儿女共沾巾。

赠友送别篇

送魏万之京①

[唐] 李颀

诵读细酌

魏万是李颀的后辈诗人，但两人可谓知己。这首诗正是李颀为送魏万赴长安而作，表达了他对魏万的深情厚谊和殷切期望，同时也抒发了自己的感慨之情。让我们一起走进这首诗的世界，感受那份深沉的友情和别离的哀愁。

品读指导

朝闻游子②唱离歌③，昨夜微霜④初度河⑤。
鸿雁不堪愁里听，云山况是客中⑥过。
关城⑦曙色⑧催寒近⑨，御苑⑩砧声向晚⑪多。
莫是长安行乐处，空令岁月易蹉跎⑫。

（选自《唐诗三百首》，中华书局，2023 年）

作者简介

李颀（？—约 753），赵郡（今河北赵县）望族之后，后居住在河南颍阳（今河南登封西），唐代诗人。开元进士，曾任新乡县尉。李颀所作边塞诗，风格豪放，尤其七言歌行独具特色；所作寄赠友人诗，刻画人物形貌神情颇为生动。有《李颀集》。

注释

① 送魏万之京：送魏万到京都长安。魏万，又名炎，后改名颢。曾隐居于王屋山，自号王屋山人。之，到。京，京都，指长安。

② 游子：指魏万。

③ 离歌：离别的歌。

④ 微霜：薄霜。指秋意已深。

⑤ 初度河：刚刚渡过黄河。度，通"渡"。魏万所住的王屋山在黄河北岸，到长安必须渡河。

⑥ 客中：客游途中。

⑦ 关城：指潼关。

⑧ 曙色：黎明前的天色。一作"树色"。

⑨ 催寒近：催促寒冷季节到来。这里指寒气越来越重，天气越来越冷。

⑩ 御苑：皇家宫苑。这里代指长安。

⑪ 向晚：傍晚。

⑫ 蹉跎：指虚度年华。

清晨听到游子高唱离别之歌，昨夜薄霜刚刚渡过黄河。

怀愁之人实在不忍听那鸿雁哀鸣，何况是与故乡遥隔千山万水，身在旅途的异乡客。

潼关在黎明前的天色的映衬下，仿佛催促着寒冷季节的到来，寒气越来越重，天气越来越冷，长安已是深秋，越是傍晚捣衣声越多。

请不要以为长安是行乐之所在，以免白白地把宝贵时光消磨。

作品鉴赏

赏析

首联"朝闻游子唱离歌，昨夜微霜初渡河"直接描写了离别时的场景，蕴含了深邃的意境。"朝闻"二字不仅点明了清晨这一容易引发离别愁绪的时刻，还通过"闻"这一动作，让读者仿佛听到那悠扬而略带伤感的离歌，感受空气中弥漫的离别愁绪。这里的"游子"不仅代表远行的人，同时也是作者"游子情怀"的体现。接着，作者回溯昨夜的"微霜"，描绘出一幅深秋特有的景象，暗喻了时间的流逝，为离别更添几分寒意。

颔联"鸿雁不堪愁里听，云山况是客中过"，深刻地表达了作者对旅途境遇的感慨。"鸿雁"常被用来寄托相思之情或离别之愁，"不堪愁里听"意味着在满怀愁情的时候，鸿雁的鸣声实在令人难以承受。下句转而去写旅途中的云和山，但在这样的时刻，即使再美的风景也难以让作者感到愉悦或安慰，反而勾起其对家乡的思念和对未来的迷茫。

颈联"关城曙色催寒近，御苑砧声向晚多"以景抒情，上句不仅是对边关深秋景象的描绘，更是对岁月飞逝的感叹；下句将画面由边关引向宫廷御苑，描绘了宫廷中妇女们忙碌的场景，同时也通过"砧声"这一意象传达出深宫中人的孤独与哀愁。

尾联"莫是长安行乐处，空令岁月易蹉跎"，作者如长者般的语气予以魏万亲切的嘱咐，同时也表达了对于过去和离别的叹息与无奈。"长安"常被用以象征繁华都市，被视为放纵享乐、消磨时光的地方，而用"莫是"二字具有一种反问与警示的语气，引人深思。"岁月易蹉跎"指时间易流逝，"空令"则强化了这种遗憾与无奈，表达出作者对人生价值的深刻认识。

整首诗从叙事转向抒情，生动地描绘了离别的场景和作者面对离别时的情感，说明人生难免有离别的无奈，进而呼吁读者珍惜眼前人，时刻保持对生活的反思与审视，莫要让岁月白白流逝。

学思践悟

1．"朝闻游子唱离歌，昨夜微霜初度河"中，"初度河"的主语究竟是"微霜"还是"游子"呢？谈一谈你的看法。

2．试分析"微霜初度河"和"曙色催寒近"的艺术手法和表达效果。

随学随练

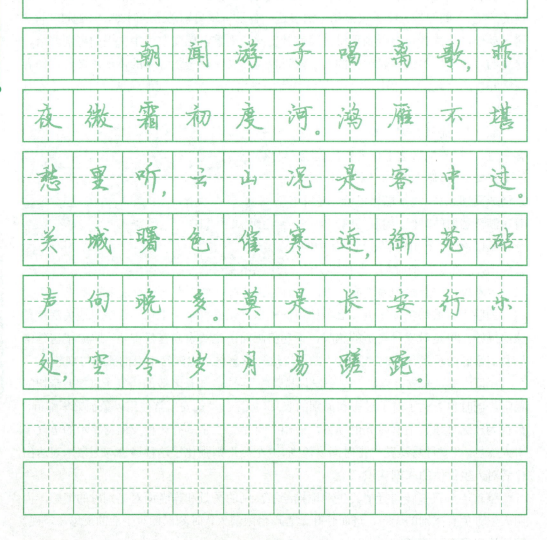

送魏万之京

［唐］李颀

		朝	闻	游	子	唱	离	歌，	昨
夜	微	霜	初	度	河。	鸿	雁	不	堪
愁	里	听，	云	山	况	是	客	中	过。
关	城	曙	色	催	寒	近，	御	苑	砧
声	向	晚	多。	莫	是	长	安	行	乐
处，	空	令	岁	月	易	蹉	跎。		

送梓州李使君①

［唐］王维

诵读细酌

　　这是王维为送李使君入蜀赴任而创作的一首诗。作者凭借想象勾勒出友人即将前往的梓州山林的壮丽景象和独特的民风民情，旨在激励友人在梓州创造业绩，超越先贤。本诗不像一般送别诗那样伤感悲凉，而是以高远明快的格调贯穿始终，是送别诗中的名篇。

品读指导

> 万壑树参天，千山响杜鹃②。
> 山中一夜雨③，树杪④百重泉。
> 汉女⑤输⑥橦布⑦，巴人⑧讼⑨芋田⑩。
> 文翁⑪翻⑫教授⑬，不敢倚⑭先贤⑮。

（选自《唐诗三百首》，中华书局，2023 年）

注释

　　① 送梓州李使君：送李使君到梓州赴任。梓州，今四川三台、中江、盐亭、射洪等县地。使君，官名，指州郡一级行政长官。

　　② 杜鹃：鸟名，又名"子规"，其鸣声凄婉。相传古代蜀国国王死后化为杜鹃，故在此处提及这种鸟。

　　③ 一夜雨：一作"一半雨"。

　　④ 树杪（miǎo）：树梢。

　　⑤ 汉女：汉水的妇女。

　　⑥ 输：纳税。

　　⑦ 橦（tóng）布：橦花织成的布，为梓州特产。橦，木棉树。

　　⑧ 巴人：蜀人。巴，古国名，指今重庆地区。

　　⑨ 讼：争讼，发生纠纷或争执。

　　⑩ 芋田：种植芋头的土地。芋头是当时蜀中的主粮之一。

　　⑪ 文翁：汉景帝时蜀郡守。他仁爱百姓，重视教育，兴办学校，重用人才，使巴蜀日渐开化。

　　⑫ 翻：翻新。

　　⑬ 教授：传授知识。

⑭ 倚：效法，依照。

⑮ 先贤：已经去世的有才德的人。这里指汉景帝时蜀郡守，即文翁。

译文

千山万壑之中，到处都是参天大树，到处都是杜鹃的啼鸣声。

山中一夜春雨过后，只见山间飞泉百道，远远望去，好像悬挂在树梢一般。

汉水的妇女辛勤地织布纳税，蜀地的人常常因农田之事而发生诉讼案。

希望你能够发扬文翁的政绩，奋发有为，不负先贤。

作品鉴赏

赏析

首联"万壑树参天，千山响杜鹃"描绘了山水自然的壮丽，"万壑""参天""千山""杜鹃"等意象构成了一幅生动的画面。这一联不仅是对梓州自然风光的真实写照，也象征着作者对友人的祝福，祝福友人前程似锦，充满光明。

颔联"山中一夜雨，树杪百重泉"，作者以精练的语言和丰富的想象力描绘了一派雨后山林的清新景象。"一夜雨"强调了时间的连续性和雨势的绵长，营造出一种静谧而悠长的氛围，这雨不仅滋润了万物，也洗净了尘世的喧嚣，使整个山林清新脱俗。"百重泉"运用了夸张的修辞手法，给人以强烈的视觉冲击力，增强了画面的动感。此外，这一联还蕴含了深刻的哲理：经过一夜雨洗礼的山林，仿佛获得了重生。这种生生不息、循环往复的自然现象，正是大自然顽强生命力的体现，也是作者对生命力和自然之美的赞美。

颈联"汉女输橦布，巴人讼芋田"描绘了巴蜀地区特有的风土人情和生活场景。"输橦布"将汉水妇女辛勤纺织橦布的场景描摹得有声有色，同时也反映了她们积极参与社会经济生活，为国家做出贡献的精神风貌；"讼芋田"反映了巴人之间常因农事而发生纠纷的日常，看似琐碎，却生动展现了人与人之间复杂而真实的社会关系。从这一联中，我们可以感受到巴蜀地区悠久的历史文化，以及作者等文人对社会文化的责任和担当。

尾联"文翁翻教授，不敢倚先贤"，作者以文翁这一先贤勉励李使君，希望他能够效法文翁，翻新教化，而不要倚仗文翁等先贤原有的政绩，碌碌无为。

这首诗情景交融，景物描写壮丽而生动，语言精练而婉转，通过对李使君的劝勉与期望，表达了作者对治理国家的深刻思考和责任感。此诗可谓唐代送别诗中的佳作，对后世诗歌创作产生了深远的影响。

请从思想内容和表现手法两个方面赏析"文翁翻教授，不敢倚先贤"。

随学随练

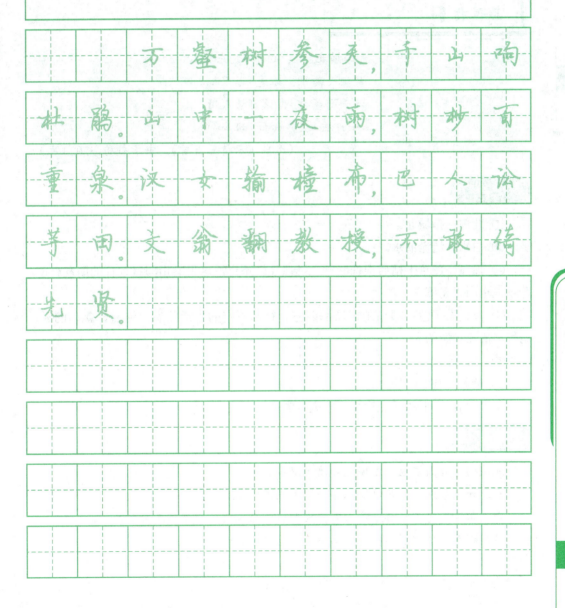

送梓州李使君

[唐] 王维

万	壑	树	参	天	,	千	山	响
杜	鹃	。	山	中	一	夜	雨	,	树	杪	百
重	泉	。	汉	女	输	橦	布	,	巴	人	讼
芋	田	。	文	翁	翻	教	授	,	不	敢	倚
先	贤	。

送友人

[唐] 李白

诵读细酌

　　这首诗是李白所作的一首充满诗情画意的送别诗，抒发了他与友人分别时的眷恋与不舍之情。请朗诵这首诗，随着诗句穿越千年时光，亲临那情真意切的送别场景，感受李白对友人的真挚情感及其笔下无尽的艺术魅力。

品读指导

青山横北郭①，白水②绕东城。
此地一为别，孤蓬③万里征。
浮云游子意④，落日故人情。
挥手自兹⑤去，萧萧⑥班马⑦鸣。

（选自《唐诗三百首》，中华书局，2023 年）

注释

① 北郭：指城北。

② 白水：清澈的水。

③ 孤蓬：蓬草干枯后根株断开，随风飞转不定。这里喻指即将远行的朋友。蓬，蓬草，也叫"飞蓬"。

④ 浮云游子意：喻指游子漂泊四方、行踪不定的生活状态。浮云，飘动的云。游子，离家远游的人。

⑤ 兹：此。

⑥ 萧萧：马嘶鸣的声音。

⑦ 班马：离群的马。这里指载人远离的马。班，分别。

译文

北城门外青山横亘，东城之外清水环绕。

在此地一分别，你就要像孤蓬一样万里漂泊了。

白云飘浮不定正如游子的心意，太阳缓缓落山就像我依依不舍的感情。

彼此挥手，从此别离；萧萧马鸣，不忍分别。

赏析

首联"青山横北郭，白水绕东城"，写明作者已经送友人到了城外，但两人仍然不愿分别。"青山"给人以沉稳、苍翠之感，象征着作者与友人之间深厚的情谊；"白水"与"青山"形成鲜明的对比，象征着时间的流逝与情感的绵延不绝。"青山"对"白水"，"北郭"对"东城"，首联就用了工丽的对偶句，别开生面；同时用"横"字勾勒出"青山"的静态，"绕"字描绘出"白水"的动态，一静一动，构成一幅寥廓秀丽的图景。

颔联"此地一为别，孤蓬万里征"，表达了作者对朋友漂泊生涯的深切关怀。作者运用比喻的手法，把即将远行之人比作"孤蓬"，随风飞转，漂泊不定；"万里征"又进一步强调了路途的遥远，增强了离别的沉重感。作者运用景物来寄托情感，将人的离别之情和景物融为一体，达到了情景交融、物我两忘的境界。

颈联"浮云游子意，落日故人情"又写得十分工整，"浮云"对"落日"，"游子意"对"故人情"。作者以"浮云"比喻远行的游子，表达了对友人未来的担忧和关切，以"落日"表达了自己对友情的珍视与怀念，希望即使分别，两人的友情也能如落日一样恒久不变。这真挚而浓烈的情感，让人感到作者内心深处的柔软与温情。

尾联"挥手自兹去，萧萧班马鸣"，描写了作者与友人挥手告别的场景。作者化用了《诗经·小雅·车攻》中的"萧萧马鸣"，描写离别之时，两匹马仿佛懂得主人的心情，不愿离开同伴而发出萧萧长鸣，似有无限深情。

这首送别诗新颖别致，不落俗套。诗中青翠的山岭，清澈的流水，火红的落日，洁白的浮云等景物相互映衬，"班马"形象生动鲜活。虽然是写在离别之时，但作者并没有直接抒发内心的悲苦，而是通过细腻的描绘和生动的比喻来传达自己的情感，这种含蓄而深沉的表达方式使得整首诗更具感染力。

学思践悟

请简要分析尾联中细节描写的作用。

送友人

[唐]李白

青山横北郭，白水绕东城。此地一为别，孤蓬万里征。浮云游子意，落日故人情。挥手自兹去，萧萧班马鸣。

国学经典之古诗词赏析

闻王昌龄左迁龙标^①遥有此寄

［唐］李白

李白和王昌龄是情谊深厚的朋友，这首诗正是李白在听闻王昌龄被贬为龙标尉的消息后，为表同情与关切而作的。在诗中，李白表达了对王昌龄怀才不遇的惋惜与同情，同时也抒发了内心的愤慨之情。请朗诵这首诗，品味诗中的情感。

《闻王昌龄左迁龙标遥有此寄》朗读

> 杨花^②落尽子规^③啼，闻道龙标^④过五溪^⑤。
>
> 我寄愁心与明月，随风直到夜郎^⑥西。

（选自《唐诗鉴赏辞典》，上海辞书出版社，2013 年）

注释

① 左迁龙标：被贬为龙标尉。左迁，降职。古人以右为尊，因此称降职为"左迁"。龙标，唐代县名，今湖南洪江西。

② 杨花：柳絮。

③ 子规：杜鹃，又称"布谷鸟"，其鸣声哀婉凄切。

④ 龙标：这里指王昌龄。古代常用官职或任官之地的州县名来称呼一个人。

⑤ 五溪：今湖南西部、贵州东部五条溪流的合称。

⑥ 夜郎：古族名、古国名。战国至汉时，主要在今贵州西部、北部，以及云南东北、四川南部与广西北部部分地区。唐代夜郎有三处，两个在今贵州桐梓，本诗所说的"夜郎"在今湖南怀化境内。

译文

在柳絮落完、杜鹃鸟啼鸣之时，我听说你被贬为龙标尉，要途经五溪。

我把我忧愁的心思寄托给明月，希望能随着风一直陪着你到夜郎以西。

作品鉴赏

赏析

首句"杨花落尽子规啼"写景并点明了时令。作者选取了漂泊不定的"杨花"和

赠友送别篇

65

啼叫着"不如归去"的"子规"这两种事物，描绘出南国的暮春景象，烘托出一种哀伤愁苦的氛围。

第二句"闻道龙标过五溪"中的"龙标"不同于题目，而是指王昌龄。"五溪"泛指王昌龄贬谪途中会经过的崇山峻岭、江河湖海。这一句简洁有力地勾勒出友人旅途的艰辛，同时为下文的抒情做好了铺垫。

"我寄愁心与明月，随风直到夜郎西"紧承上句，抒写了作者此时的情怀。"明月"向来是文人墨客寄托思念的常用意象，它象征着纯洁、高远和永恒。作者将"愁心"寄托于"明月"之上，不仅使这愁绪变得具体，还通过明月普照四方这一特征，表达了对友人无限的关怀与思念。这种超越空间限制的想象，使得情感的传递更加深刻。"风"作为一种自然现象，往往被赋予传递情感的功能。作者想象明月携带着自己的愁绪，随着风飘向友人所在的"夜郎"，将这自然现象与内心情感巧妙地结合，使得诗句既富有画面感，又充满了浓厚的感情色彩。

整首诗没有华丽的辞藻，而是用平实质朴的语言表达了作者对友人遭遇不幸的深切同情和对其未来生活的美好祝愿。同时，作者运用借景抒情、寓情于景的艺术手法，将自己的情感融入景中，让读者在品味自然之美的同时，也能感受诗人内心的波澜。

学思践悟

同样是望月，苏轼用"但愿人长久，千里共婵娟"表达了对亲人的美好祝愿，李白用"我寄愁心与明月，随风直到夜郎西"寄托了对友人的思念和关切之情。试分析两句诗在写作手法和表达方式上的差异。

随学随练

闻王昌龄左迁龙标遥有此寄

[唐] 李白

杨	花	落	尽	子	规	啼,	闻
道	龙	标	过	五	溪。	我	寄	愁	心
与	明	月,	随	风	直	到	夜	郎	西。

渡荆门①送别

［唐］李白

诵读细酌

　　这首诗是唐代大诗人李白青年时期在离开蜀地开始四方游历的途中创作的律诗。李白在创作这首诗之前，一直生活在四川，因此对四川有着深深的眷恋之情。全诗意境高远，风格雄健，想象奇特，不仅展现了荆门一带辽阔的自然景象，还反映了作者倜傥不群的个性和年少远游追求理想抱负的坚定信念。

品读指导

　　　　　　　　渡远荆门外，来从②楚国③游。
　　　　　　　　山随平野④尽，江入大荒⑤流。
　　　　　　　　月下飞天镜⑥，云生结海楼⑦。
　　　　　　　　仍怜⑧故乡水⑨，万里⑩送行舟。

（选自《唐诗三百首》，中华书局，2023年）

注释

　　① 荆门：山名，在今湖北省宜都市西北、长江南岸，与虎牙山对峙，形势险要。战国时为楚国西部的通关要道，有"楚之西塞"之称。

　　② 从：往。

　　③ 楚国：楚地。这里指今湖北一带。

　　④ 平野：平坦广阔的原野。

　　⑤ 大荒：辽远无际的原野。

　　⑥ 月下飞天镜：月亮倒映在水中，好像一面从天上飞来的明镜。

　　⑦ 海楼：海市蜃楼。这里指因江上云霞多变而形成的美丽景象。

　　⑧ 怜：喜爱。

　　⑨ 故乡水：指从四川流过来的长江水。李白从小生活在蜀地，故称蜀地为故乡。

　　⑩ 万里：喻行程之远。

译文

　　我乘船渡江到遥远的荆门外，来到楚国的境内游览。

　　高山随着平坦广阔的原野的出现而逐渐消失，江水在辽远无际的原野中奔流。

月亮倒映在水中，好像一面从天上飞来的明镜，云彩升起，变幻无穷，形成了海市蜃楼。

我依然喜爱这来自故乡的水和不远万里来送我东行的小船。

作品鉴赏

赏析

首联"渡远荆门外，来从楚国游"，作者作此诗时还是个青年，初离蜀地的他兴致勃勃地坐在船上观赏沿途的风景，一路看来，眼前的景色逐渐变化，当船开过荆门，视野顿然开阔，别是一番美景。

颔联"山随平野尽，江入大荒流"是作者对所见之景的细腻刻画。随着船行渐远，两岸原本连绵不绝的青山逐渐消失在广袤无垠的平原之中，一个"随"字赋予了山以动势，展现了一种动态美。同时，"尽"字强调了这种变化的彻底性，让人仿佛亲眼看见从山区到平原这种视野逐渐开阔的转变。下句写长江不再受山峦的束缚，而是自由地奔涌向前，不仅展现了长江的磅礴气势，也饱含了作者对于人生和未来的无限憧憬与向往。

颈联"月下飞天镜，云生结海楼"从不同角度描绘了长江的近景和远景。夜晚江面平静时，俯视月亮在水中的倒影，好像一面从天上飞来的明镜；白天仰望天空，云彩变幻无穷，结成了海市蜃楼般的奇景。这正是李白超凡脱俗的浪漫主义情怀的具体展现。

尾联"仍怜故乡水，万里送行舟"是整首诗的点睛之笔。面对流经故乡的滔滔江水，作者不禁泛起了相思之情，但他不直说自己思念故乡，而说故乡的水送他一路远行，这种拟人化的表达，不仅赋予了故乡水以深情厚谊，也让读者感受到了作者内心的感动与慰藉。诗以浓重的惜别之情结尾，言有尽而情无穷。反观诗题中的"送别"应是指作者告别故乡而非送别朋友。

全诗浑然一体，意境高远，风格雄健，以卓越的绘景和深挚的情感展现了作者广阔的胸襟，以及对故乡的眷恋之情，是李白诗歌艺术的重要体现之一。

学思践悟

李白因其豪放的性格广结天下好友，也因此创作出不少脍炙人口的送别佳作。搜集李白的送别诗，并赏析其写作手法与情感表达方式。

随学随练

渡荆门送别

[唐] 李白

渡远荆门外，来从楚国游。山随平野尽，江入大荒流。月下飞天镜，云生结海楼。仍怜故乡水，万里送行舟。

饯别王十一南游①

［唐］刘长卿

诵读细酌

　　这首诗是唐代诗人刘长卿所作，描写了他与即将南游的好友王十一离别的情景。诗题虽为"饯别"，但全诗只单纯描绘离别后的美景，将浓浓的离别情谊融入景中，曲折婉转，别具匠心，表达了作者对友人无限的不舍与祝福。请朗诵这首诗，体会诗中的情感。

品读指导

望君烟水②阔，挥手泪沾巾。

飞鸟③没④何处，青山空向人⑤。

长江一帆远，落日五湖⑥春。

谁见汀洲⑦上，相思愁白蘋⑧。

（选自《唐诗三百首》，中华书局，2023 年）

作者简介

　　刘长卿（？—约 789），字文房，宣城（今属安徽）人，一作河间（今属河北）人，唐代诗人，天宝进士。官至随州刺史，因此世称"刘随州"。其诗多写仕途失意之感，也有反映离乱之作。他善于描绘自然景物，风格简淡；长于五言，被称为"五言长城"。有《刘随州诗集》。

注释

　　① 饯别王十一南游：设宴送王十一南游。饯别，设宴送行。南游，根据诗意，应指游览洞庭湖一带。

　　② 烟水：茫茫的水面。

　　③ 飞鸟：喻指行船远去的友人。

　　④ 没：消失。

　　⑤ 空向人：枉向人。意思是徒增相思。

　　⑥ 五湖：这里指洞庭湖。

　　⑦ 汀州：水中平地。

　　⑧ 白蘋：一种水中浮草，开白花。

译文

望着你的小船行驶在茫茫的水面，我频频挥手惜别，泪水沾湿了佩巾。

你像一只飞鸟不知消失在何处，留下这一片青山徒增我的相思。

一叶孤帆在浩浩江水中渐行渐远，落日下你将欣赏着洞庭湖的春色。

谁能见我伫立在汀洲上怀念你，望着白蘋心中充满无限愁情。

作品鉴赏

赏析

首联"望君烟水阔，挥手泪沾巾"描绘了作者望着浩渺的江面，与友人频频挥手的场景，表现了作者在离别之际的悲凉离愁。作者以"望""挥手""泪沾巾"这一系列动作，渲染出自己送别友人时的心情。他并非直抒胸臆，而是借助所见之景来烘托自己内心的惆怅之情。

额联"飞鸟没何处，青山空向人"，作者选取了"飞鸟"和"青山"两个意象，"飞鸟"象征南游的友人，写出了作者对友人的关切；而"青山"代表着沉稳和永恒。这两个意象并置，形成了一种动与静、短暂与永恒的鲜明对比，凸显了作者空虚寂寞的心境。

颈联"长江一帆远，落日五湖春"，从字面上看似乎只交代了友人远行的起止，然而其中所包含的意境远不止于此。友人行船消失在长江尽头已然望不到了，但作者的心却追随友人直达目的地，"五湖春"昭示着他们分别的时候是春天，春天本是旅行的美好时节，却在这场离别中显得格外凄凉。

尾联"谁见汀洲上，相思愁白蘋"以反问开头，展现出作者对自己孤独处境的感叹，以及对世间无人理解自己相思之苦的无奈。他站在汀州之上，望着白蘋思念着友人，久久不忍离去，进一步深化了整首诗的意境。

全诗句句朴拙，却能使人从中感受到作者内心深处那份真挚而深沉的相思之情，其深刻的情感内涵、独特的意象和精妙的艺术手法具有较高的艺术价值。

学思践悟

试分析李白《黄鹤楼送孟浩然之广陵》中的"孤帆远影碧空尽，唯见长江天际流"所表达的情感与本诗额联有何不同？

饯别王十一南游

[唐] 刘长卿

望君烟水阔，挥手泪
沾巾。飞鸟没何处，青山空
向人。长江一帆远，落日五
湖春。谁见汀洲上，相思愁
白蘋。

赠友送别篇

拓展阅读

送李少府贬峡中王少府贬长沙

［唐］高适

嗟君此别意何如，驻马衔杯问谪居。
巫峡啼猿数行泪，衡阳归雁几封书。
青枫江上秋帆远，白帝城边古木疏。
圣代即今多雨露，暂时分手莫踌躇。

送　别

［唐］王维

山中相送罢，日暮掩柴扉。
春草年年绿，王孙归不归？

宣州谢朓楼饯别校书叔云

［唐］李白

弃我去者，昨日之日不可留。
乱我心者，今日之日多烦忧。
长风万里送秋雁，对此可以酣高楼。
蓬莱文章建安骨，中间小谢又清发。
俱怀逸兴壮思飞，欲上青天览明月。
抽刀断水水更流，举杯销愁愁更愁。
人生在世不称意，明朝散发弄扁舟。

送灵澈

［唐］刘长卿

苍苍竹林寺，杳杳钟声晚。
荷笠带斜阳，青山独归远。

赋得暮雨送李曹

[唐] 韦应物

楚江微雨里，建业暮钟时。
漠漠帆来重，冥冥鸟去迟。
海门深不见，浦树远含滋。
相送情无限，沾襟比散丝。

送人东游

[唐] 温庭筠

荒戍落黄叶，浩然离故关。
高风汉阳渡，初日郢门山。
江上几人在，天涯孤棹还。
何当重相见，樽酒慰离颜。

临江仙·送钱穆父

[北宋] 苏轼

一别都门三改火，天涯踏尽红尘。依然一笑作春温。无波真古井，有节是秋筠。
惆怅孤帆连夜发，送行淡月微云。尊前不用翠眉颦。人生如逆旅，我亦是行人。

鹧鸪天·送人

[南宋] 辛弃疾

唱彻《阳关》泪未干，功名馀事且加餐。浮天水送无穷树，带雨云埋一半山。
今古恨，几千般；只应离合是悲欢？江头未是风波恶，别有人间行路难。

爱情悼亡篇

探渊索珠——悲欢合散

在人类文明史上，爱情是一个永恒的话题，也是诗人最偏爱的题材之一。我国古代有关爱情的诗篇更是灿若繁星，蔚为大观。爱情诗歌最早可追溯到先秦时期的诗歌总集《诗经》，汉朝长诗《孔雀东南飞》。这一时期的爱情诗清纯而大胆、直率而坦诚；到了魏晋南北朝时期，爱情诗以"钟情"为特征，正所谓"情之所钟，正在我辈"，构成了魏晋风度的重要内容；到了唐宋时期，爱情诗无论是在数量，还是质量上都达到登峰造极的水平，取得了空前绝后的成就。例如，唐代王昌龄的《闺怨》、李商隐的数首《无题》，宋代柳永的《雨霖铃》、秦观的《鹊桥仙》、李清照的《一剪梅》、陆游的《钗头凤》等，都是传诵千年的佳作。这些佳作所传达的情感，有的缠绵，有的热烈，有的无奈……到了元明清时代，伴随着新的文学样式——戏曲和小说的崛起，传统的爱情诗歌日渐式微，虽也有清新佳作，但很难超越前代。

爱情诗中最感人、最悲惨、最催人泪下的就是悼亡诗，即为纪念爱人所写的诗，也是我国古代诗词海洋中独具魅力的主题。悼亡诗始于晋代潘岳，他为缅怀已逝的妻子作《悼亡诗》三首，诗中所流露出的真挚、深沉的夫妻之情，颇为后人赞赏。从此之后，悼亡诗便成为丈夫哀悼亡妻的专用诗题。例如，唐代元稹的《离思》《遣悲怀》，白居易的《为薛台悼亡》，宋代苏轼的《江城子·乙卯正月二十日夜记梦》，陆游的《沈园》，等等。诗中表现出的那种肝肠寸断的悲伤，那种美满的幸福忽然间灰飞烟灭的痛楚，无一不情真意切，锥心刻骨。尤其是苏轼的《江城子·乙卯正月二十日夜记梦》，可谓字字血，声声泪，把夫妻之间的爱情、离恨刻画到了极致。

本篇将详细讲述《诗经·周南·关雎》、李商隐的《无题》《锦瑟》、苏轼的《江城子·乙卯正月二十日夜记梦》、秦观的《鹊桥仙·纤云弄巧》、陆游的《钗头凤·红酥手》、纳兰性德的《浣溪沙·谁念西风独自凉》这七首诗词作品。接下来，让我们走进绝世经典，跟随诗人的思绪，品尝爱情的芬芳、苦涩、缠绵、不舍的千般滋味，感受作者心中的波涛与涟漪。

关 雎

《诗经》

诵读细酌

俗话说："爱美之心人皆有之。"面对美好的人或物，人们都会产生爱慕之心。人们常常把心中爱慕之人称为"梦中情人"。《关雎》这首诗便惟妙惟肖地展现了主人公对"梦中情人"的深深相思和浪漫追求。那么追求的过程和结果是怎样的呢？就让我们朗诵这首诗，从诗中寻找答案。

品读指导

关关①雎鸠②，在河③之洲④；
窈窕淑女⑤，君子⑥好逑⑦。

参差⑧荇菜⑨，左右流之⑩；
窈窕淑女，寤寐求之。

求之不得，寤寐思服⑪；
悠哉⑫悠哉，辗转反侧⑬。

参差荇菜，左右采之；
窈窕淑女，琴瑟友之⑭。

参差荇菜，左右芼⑮之；
窈窕淑女，钟鼓乐之。

（选自《诗经译注》，上海古籍出版社，2016年）

注释

① 关关：拟声词，雌雄二鸟相互应和的叫声。
② 雎鸠：一种水鸟。
③ 河：黄河。
④ 洲：水里的陆地。
⑤ 窈窕淑女：纯洁美丽的女子。窈窕，纯洁美丽。淑，善，好。
⑥ 君子：当时贵族男子的通称。
⑦ 好逑：好的配偶。逑，配偶。

爱情悼亡篇

79

⑧ 参差：长短不齐的样子。

⑨ 荇（xíng）菜：生长在水中的一种植物，白色的茎，紫红色圆形叶片。其根生长在水底，叶子浮在水面。

⑩ 左右流之：顺着水流，时而向左、时而向右地采摘荇菜。

⑪ 寤寐思服：醒着和睡着都思念她。寤，睡醒。寐，睡着。思服，思念。

⑫ 悠哉：形容思念深长的样子。

⑬ 辗转反侧：翻来覆去。指不能安眠。

⑭ 琴瑟友之：弹琴鼓瑟来亲近她。琴、瑟，指弦乐器。友，作动词，亲近。

⑮ 芼（mào）：选择。

译文

睢鸠关关相对唱，双栖河里小洲上；
纯洁美丽好姑娘，真是我的好对象。

长长短短鲜荇菜，顺着水流左右采；
纯洁美丽好姑娘，白天想她梦里爱。

追求姑娘难实现，醒来梦里意常牵；
相思深情无限长，翻来覆去难成眠。

长长短短荇菜鲜，采了左边采右边；
纯洁美丽好姑娘，弹琴鼓瑟亲无间。

长长短短鲜荇菜，左采右采拣拣开；
纯洁美丽好姑娘，敲钟打鼓娶过来。

作品鉴赏

赏析

《关雎》是《诗经》的第一篇。这首诗写的是一个"君子"对"淑女"的爱慕、追求的过程，全诗通过细腻的心理描写和生动的场景描绘，展现了男女之间纯真而美好的爱情。

全诗可分为三章。

第一章（前四句）：描写了男子在河边遇到一位纯洁美好的女子，由此萌生了爱慕之情。这一章用"关关雎鸠"起兴，运用"比"的手法点出了恋爱这一主题，为全诗奠定了温馨而浪漫的氛围。

第二章（中间八句）：描写了男子对姑娘思念不止，以致梦寐以求，辗转反侧。男子回想白天见女子随手采摘荇菜的样子，她那苗条的身材、艳美的面庞在脑海中挥之不去，使他夜不能寐。然而，这只是他的一厢情愿，只好在床上"辗转反侧"。在这几句中，"优哉游哉"是对男子的心理描写，表现出他对女子的深深思念；"辗转反侧"是动作描写，突出了其内心的不平静，进而强化了他对女子的绵绵情意。

第三章（最后八句）：表达了男子希望与女子成婚的美好愿景。"琴瑟友之""钟鼓乐之"是男子设想与女子成婚时鼓乐齐鸣的欢乐场面。

这首诗的妙处在于对爱情的叙述直白又含蓄，符合中华民族传统的含蓄内敛的表达方式。《诗经》中有许多关于爱情的篇目，有场景式的描写，也有对话式的叙述，但更多的是如《关雎》这种通过对主人公矜持而羞怯的心理描写来抒发情感，这种情感朴素而健康，纯洁而珍贵。

学思践悟

试分析《关雎》和《蒹葭》在艺术手法上分别有什么特点。

随学随练

关雎

《诗经》

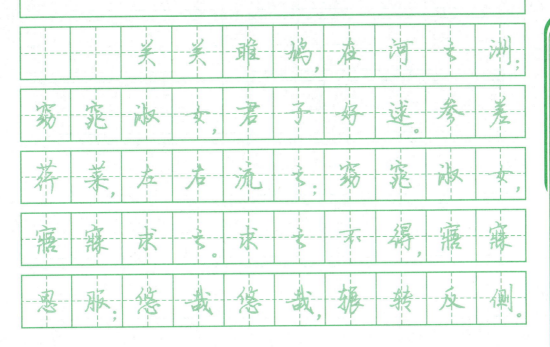

关关雎鸠，在河之洲；
窈窕淑女，君子好逑。参差
荇菜，左右流之；窈窕淑女，
寤寐求之。求之不得，寤寐
思服。悠哉悠哉，辗转反侧。

爱情悼亡篇

参差荇菜，左右采之；窈窕淑女，琴瑟友之。参差荇菜，左右芼之；窈窕淑女，钟鼓乐之。

无 题

[唐] 李商隐

诵读细酌

《无题》朗读

　　"无题"不仅是诗的名称，更是作者情感的留白，让读者能从中看到自己的影子，感受那欲说还休、缠绵悱恻的情愫。今天，让我们一同走进李商隐的《无题》，体会那"相见时难别亦难"的深情与无奈，以及"春蚕到死丝方尽，蜡炬成灰泪始干"的执着与牺牲。请扫描二维码聆听朗诵，沉浸在这首跨越千年的爱情绝唱之中。

品读指导

相见时难别亦难，东风①无力百花残②。

春蚕到死丝③方尽，蜡炬④成灰泪⑤始干。

晓镜⑥但愁云鬓⑦改，夜吟应觉⑧月光寒⑨。

蓬山⑩此去无多路，青鸟⑪殷勤⑫为探看⑬。

(选自《唐诗三百首》，中华书局，2023 年)

注释

① 东风：春风。

② 残：凋零。

③ 丝：以"丝"喻"思"，暗含相思之意。

④ 蜡炬：蜡烛。

⑤ 泪：相思的眼泪。

⑥ 晓镜：早晨照镜子梳妆。镜，作动词，照镜子。

⑦ 云鬓：女子多而美的头发。这里比喻青春年华。

⑧ 应觉：设想之词。

⑨ 月光寒：月光寒凉。指夜渐深。

⑩ 蓬山：蓬莱山，传说中的海上仙山。这里喻指女子的居所。

⑪ 青鸟：传说中西王母座前传递消息的神鸟。

⑫ 殷勤：情谊恳切深厚。

⑬ 探看：探望。

译文

　　见面很难，分别更难，何况在这东风无力、百花凋谢的暮春时节。

春蚕结茧到死时丝才吐完，蜡烛要燃尽成灰，像泪一样的蜡油才能滴干。

早晨照镜子梳妆，只担忧如云的鬓发改变颜色，容颜不再。长夜独自吟诗不寐，必然感到冷月侵人。

蓬莱山离这里不算太远，却无路可通，希望有青鸟一样的使者殷勤地为我去探看情人。

作品鉴赏

赏析

这首诗是一首深情而复杂的爱情诗，以其细腻的情感描写和丰富的象征意象而著称。

首联"相见时难别亦难，东风无力百花残"是作者极度相思而发出的感叹。"东风无力百花残"既是对自然环境的描写，也是作者心境的直观反映，一个"别"字，不是指当下正在话别，而是已成事实的被迫离别，强调了重聚之难而感叹离别之苦。同时，两个"难"字包含了不同的含义，第一个"难"是指两人相聚的不易，第二个"难"则写出离别时的难舍难分和离别后双方所经受的情感煎熬，足见这对恋人感情之路的艰难与辛酸。"东风无力百花残"描写了暮春时节，东风无力，百花凋谢的凄凉场景，说明人对时节的更替是无可奈何的。作者在这里用暮春景象进一步表达了对人世遭逢的深深感伤。

颔联"春蚕到死丝方尽，蜡炬成灰泪始干"接着写因为"相见时难"而"别亦难"的感情。"春蚕到死丝方尽"中的"丝"与"思"谐音，表达了作者对于对方的思念犹如春蚕吐丝，至死方休。"蜡炬成灰泪始干"是比喻自己为不能与爱人相聚而痛苦，仿佛蜡烛要燃尽成灰时像泪一样的蜡油才能滴干。作者用了两个比喻表现出如此复杂的心理状态，可见其联想之丰富，构思之巧妙。

颈联"晓镜但愁云鬓改，夜吟应觉月光寒"，上句写自己，下句写想象中的对方。"云鬓改"是说自己因为痛苦而辗转不能眠，以致鬓发脱落，容颜憔悴。这份对时光无情、青春易逝的忧虑，深刻体现了其对爱情长久和青春永驻的渴望与不安。"应觉月光寒"是借生理上冷的感觉反映心中的凄凉之感。"应"字表现出揣度、推测的口气，说明这一切都是从自己的角度推测出对方也在承受着相思之苦。如此生动的想象和细腻的描写，可见作者对思念之人深挚的情感。

尾联"蓬山此去无多路，青鸟殷勤为探看"将全诗推向了一个超越现实的浪漫意境。"蓬山"一般象征仙境或难以到达的远方，这里象征着恋人之间的距离之遥远。但作者借"青鸟"之口，表达了自己虽不能亲自前往那遥远的"蓬山"，却有"青鸟"代为探望自己的心爱之人。这极富浪漫色彩的诗句，使得原本沉重的离别之情变得温柔而充满希望。

这首诗中的每一联都饱含作者痛苦、失望而又缠绵、执着的感情，但是各联的具体意象又各有不同。这些意象从不同方面反映着全诗的感情主旨，同时又反映出作者产生这种复杂情感的心理过程。这样的抒情连绵往复，细微精深，成功地再现了作者心底的绵长深情。

学思践悟

李商隐写过很多首名为"无题"的诗，请思考这首诗为什么叫"无题"。

随学随练

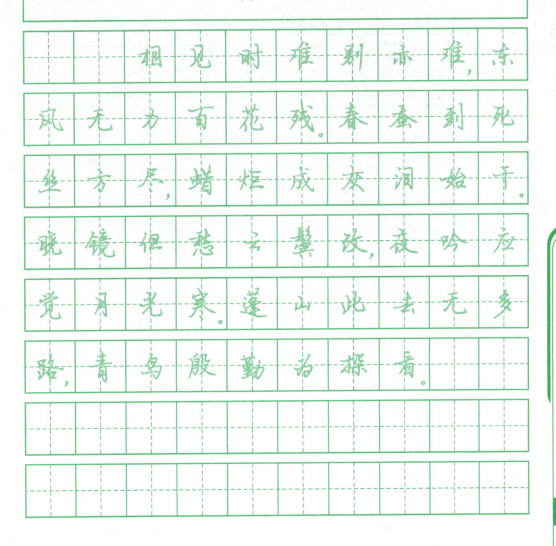

无 题

[唐] 李商隐

相见时难别亦难，东
风无力百花残。春蚕到死
丝方尽，蜡炬成灰泪始干。
晓镜但愁云鬓改，夜吟应
觉月光寒。蓬山此去无多
路，青鸟殷勤为探看。

爱情悼亡篇

85

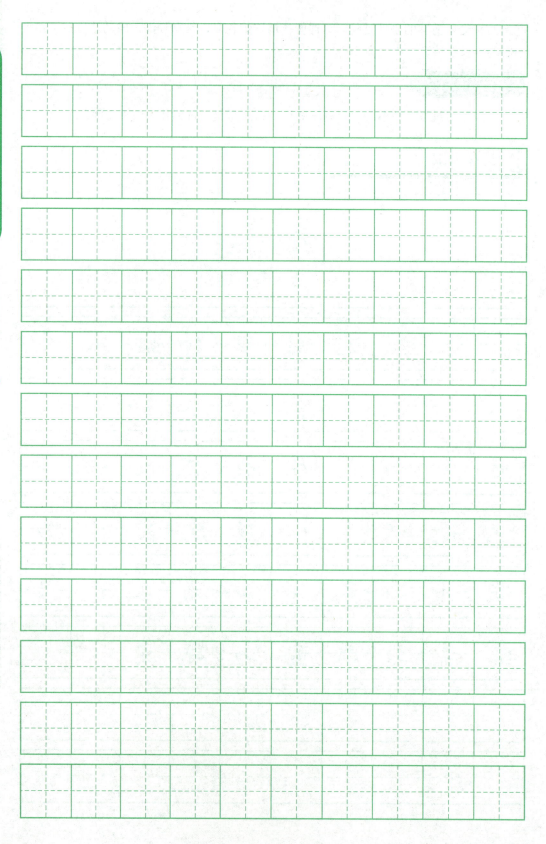

锦　瑟①

[唐] 李商隐

诵读细酌

这首诗题为"锦瑟"，但并非单纯咏物，而是借这精美的乐器，编织出一幅有关岁月、爱情、理想的斑斓画卷。诗中蕴含着无尽的情思与哲理，引领我们走进作者那复杂而深邃的内心世界，感受那份对过往的追忆、对现实的感慨和对未来的淡淡哀愁。请朗诵这首诗，思考作者借锦瑟书写了哪些内容。

品读指导

锦瑟无端②五十弦③，一弦一柱④思华年⑤。

庄生晓梦迷蝴蝶，望帝⑥春心托杜鹃。

沧海月明珠有泪⑦，蓝田⑧日暖玉生烟。

此情可待⑨成追忆，只是当时已惘然⑩。

（选自《唐诗三百首》，中华书局，2023 年）

注释

① 锦瑟：装饰华美的瑟。瑟，拨奏弦鸣乐器。

② 无端：没来由，无缘无故。

③ 五十弦：典故名。《世本》："瑟，庖牺作，五十弦。"《史记·封禅书》："太帝使素女鼓五十弦瑟，悲，帝禁不止，故破其瑟为二十五弦。"

④ 柱：系弦的短木柱。

⑤ 华年：盛年。

⑥ 望帝：传说中的蜀国国王，名杜宇，号望帝，退隐后化为杜鹃鸟。

⑦ 珠有泪：传说南海外有鲛人，其眼泪能化为珍珠。

⑧ 蓝田：县名，今属陕西。

⑨ 可待：岂待。

⑩ 惘然：失意的样子。

译文

装饰华美的瑟为什么无缘无故有五十根弦，每根弦、每根柱都叫我追忆青春年华。

庄周在睡梦中化为蝴蝶翩翩起舞，望帝把自己的幽恨寄托于杜鹃。

沧海明月高照，鲛人泣泪成珠；蓝田红日和暖，可见良玉生烟。

悲欢离合之情，岂待今日才来追忆，早在当年就已令人不胜怅惘。

爱情悼亡篇

作品鉴赏

赏析

首联"锦瑟无端五十弦，一弦一柱思华年"以幽怨悲凉的锦瑟起兴，借助对其形象的联想来显现作者内心深处难以直抒的千般情怀，以及作者沧海一生所不能言明的万种体验。上句"无端"二字看似轻描淡写，实则蕴含了作者对生命无常、岁月无情的深刻感慨。下句将锦瑟的每一根弦、每一根柱与作者对往昔岁月的追忆与思念紧密相连，不仅创造出一种超越时空的意境，同时也点明了"思华年"这一主旨。

颔联"庄生晓梦迷蝴蝶，望帝春心托杜鹃"，这句最能体现作者引典精辟、譬喻精深的特点。作者先是以"庄生梦蝶""不辨物我"这一典故来传达一种如梦如幻、令人迷惘的心境，让读者有感于物、有悟于心。然后以"望帝化杜鹃"的典故来表达内心的哀怨和无尽的思念。

颈联"沧海月明珠有泪，蓝田日暖玉生烟"，这一联运用了不少独特的意象及典故，为全诗营造出深邃的意境。上句通过"沧海""明月"等意象营造出一种清冷、孤寂的氛围，又运用了"鲛人泣珠"的典故来象征作者内心的痛苦与哀怨。下句通过"蓝田""日暖""玉烟"等意象给人一种温馨、舒适的感觉，表达出作者对美好事物的向往与追求，然而美好的事物往往是如梦似幻、遥不可及的。这种理想与现实之间的矛盾与冲突使得作者的情感变得复杂难言。

颔联与颈联引用了四个典故，呈现出不同的意境。"庄生梦蝶"是对人生的恍惚和迷惘，"望帝春心"包含了苦苦追寻的执着，"沧海鲛泪"具有一种阔大的寂寥之感，"蓝田日暖"传达了温暖而朦胧的欢乐。作者巧用典故，向读者缓缓打开心门，将年华的美好和对生命的感悟等皆融于其中，营造出一个充满诗意的美好境界。

尾联"此情可待成追忆，只是当时已惘然"采用反问的句式加强语气，说明这令人惘怅的情绪早已难以排遣，此时更是令人难以承受。

作者在这首诗中追忆了自己的青春年华，伤感自己的不幸遭遇，寄托了悲愤的心情。大量引用典故，采用比兴手法，运用联想与想象，将听觉的感受转化为视觉形象，营造出了朦胧的意境，从而传达其真挚而浓烈的情感。

学思践悟

此诗尾联向来为人称道，试分析其妙处所在。

锦瑟

[唐] 李商隐

锦瑟无端五十弦，一弦一柱思华年。庄生晓梦迷蝴蝶，望帝春心托杜鹃。沧海月明珠有泪，蓝田日暖玉生烟。此情可待成追忆，只是当时已惘然。

爱情悼亡篇

江城子·乙卯①正月二十日夜记梦

[北宋] 苏轼

诵读细酌

　　苏轼与其妻子王弗恩爱情深，可惜天命无常，王弗在二十七岁时就去世了。这首词是苏轼为悼念妻子王弗而写的一首悼亡词。全词情意缠绵，表现了作者对亡妻绵绵不尽的思念。上阕记实，下阕记梦，由现实转入梦境，自然流露出对亡妻的思念，强化了本词的悲伤基调。这首词运用白描、虚实结合等表现手法，语言朴素，却字字发自肺腑，令人动容。请扫描二维码聆听朗诵，体会作者的凄凉、哀婉之情。

《江城子·乙卯正月二十日
夜记梦》朗读

品读指导

　　十年②生死两茫茫。不思量③，自难忘。千里孤坟④，无处话凄凉。纵使相逢应不识，尘满面，鬓如霜⑤。

　　夜来幽梦⑥忽还乡。小轩窗⑦，正梳妆。相顾⑧无言，惟有泪千行。料得⑨年年断肠处⑩，明月夜，短松冈⑪。

（选自《唐宋词鉴赏辞典》，上海辞书出版社，2016年）

作者简介

　　苏轼（1037—1101），字子瞻，号东坡居士，眉州眉山（今属四川）人，北宋文学家、书画家，为"唐宋八大家"之一。苏轼学识渊博，天资极高，诗文书画皆精。其诗清新豪健，善用夸张、比喻等手法，独具风格；其词开豪放一派，对后世影响巨大；其文汪洋恣肆，明白畅达；其书法擅长行书、楷书，能自创新意，用笔丰腴跌宕，有天真烂漫之趣，他与黄庭坚、米芾、蔡襄并称"宋四家"；其画学文同，论画主张"神似"，提倡"士人画"。有诗文《东坡七集》，词集《东坡乐府》。存世书迹有《答谢民师论文帖》《黄州寒食诗帖》等，画迹有《枯木怪石图》《竹石图》等。

注释

① 乙卯：北宋熙宁八年（1075）。
② 十年：指结发妻子王弗去世已十年。王弗于宋英宗治平二年（1065）去世。
③ 思量：想念。

④ 千里孤坟：王弗葬地四川眉山与苏轼任职的山东密州相隔甚远，故称"千里"。称亡妻之墓为"孤坟"，有感伤自己不能与之相伴的意思。

⑤ 尘满面，鬓如霜：形容饱经沧桑，面容憔悴。

⑥ 幽梦：隐约迷离的梦。

⑦ 小轩窗：指小室的窗前。轩，门窗。

⑧ 顾：看。

⑨ 料得：料想。

⑩ 断肠处：一作"肠断处"。

⑪ 短松冈：长着低矮小松树的山冈，指苏轼葬妻之地。短松，矮松。

 译文

你我夫妻诀别已经整整十年，强忍不去思念，可终究难以忘怀。你的坟墓远在千里之外，没有地方能诉说我心中的悲伤凄凉。即使你我夫妻相逢怕是也认不出我来了，四处奔波，早已是灰尘满面，两鬓如霜。

昨夜在梦中又回到了家乡，看见你正在小窗前对镜梳妆。你我二人默默无言，只有泪落千行。料想你年年都为我柔肠寸断，在那凄冷的月明之夜，在那荒寂的短松冈上。

作品鉴赏

赏析

在中国文学史上，用词写悼亡的，苏轼可谓首创。与前人相比，苏轼的这首悼亡之作风格独特，别具一格。这首词虽然是"记梦"，但仅在标题和下阕中提到梦境。

"十年生死两茫茫。不思量，自难忘。"开头三句排空而下，真情直语，感人至深。生与死之间的距离可谓世上最遥远的距离，生死相隔，两相茫茫，生者再也无法见到心中挚爱，死者也不能再重返人间。恩爱夫妻，撒手永诀，时间倏忽，转瞬十年。"两茫茫"表现出夫妻双方因生死相隔而无法进行情感交流的绝望。"不思量，自难忘"，伊人已逝，过去美好的点点滴滴却难以忘怀。"不思量"正是因为思念之苦痛彻心扉，令人难以忍受。然而，虽极力"不思量"，可万般哀思却不由自主地从心底涌出，挥之不去。作者将"不思量"与"自难忘"并举，利用这两组看似矛盾的心态，极具张力地揭示了自己内心的情感。

"千里孤坟，无处话凄凉。"自己所在的山东密州与亡妻之墓所在的四川眉山相隔千里，难以诉说心中凄凉。"孤"字写爱妻独在黄泉之下，孤苦无依。"无处话凄凉"中的"凄凉"既是指亡妻不能再向自己诉说，也是指自己在世间无法再同亡妻诉说，这种凄凉直承首句"十年生死两茫茫"，令人感慨万千。这两句还给人一种错觉，仿佛"无处话凄凉"只是因为二人地理位置相隔遥远，假如距离近，作者还可以向爱妻一

爱情悼亡篇

诉衷肠。这一不可能的假设让人读来更为唏嘘。

接着，"纵使相逢应不识，尘满面，鬓如霜"，作者把现实与虚幻混同了起来。阴阳相隔，怎能重逢？作者明知妻子辞别人世已经十年，却要"纵使相逢"，这是一种绝望的、不可能的假设，表现了作者对爱妻的深切怀念。纵然有一天能够超越生死，面对风尘满面、两鬓如霜的自己，妻子哪里还能认出来呢？此时的苏轼尚不到四十岁，就已"尘满面，鬓如霜"，可想而知他这十年间四处奔波，生活艰难，仕途坎坷，心力交瘁。此处明写思念亡妻，其实也在暗写自己郁郁不得志。

下阕入题，开始记梦，"夜来幽梦忽还乡"，写自己在梦中忽然回到了故乡，"幽"字突出表现了梦境的朦胧。"小轩窗，正梳妆"，旧屋的小轩窗里，爱妻容貌如初，正在梳妆打扮。这两句以日常情景对上句进行补充，使梦境更加真实。这看似是梦中景象，实则是往昔夫妻恩爱生活的生动写照，表现出作者对早年生活的追忆与怀念。爱妻虽已逝，但她在作者心中永远是记忆中美好的样子。

在这梦中的故乡，生者与逝者终于见面，然而却只是"相顾无言，惟有泪千行"。十年死别，一朝相见，纵有万千言语也不知该从何说起，只有相视无语，泪流千行。多少辛酸、凄凉，尽在泪中，正是"此时无声胜有声"。

结尾三句，又从梦境回到现实。"料得年年断肠处，明月夜，短松冈"，这三句总束全词，将感情推至高潮，使人感受到梦醒之后的无尽哀伤。作者从亡妻的角度，设想其因眷恋人世、难舍亲人而柔肠寸断，以亡妻的痛苦寓自己的痛苦，使情感含蓄而隽永。"断肠处"充分表现出作者悲痛到了极点。"短松冈"即亡妻的坟冢处。作者用最后两句虚拟了一幅夜景：明月高悬，凄清的月光照耀着长有矮小松树的山冈，而亡妻就在这里长眠。此处的冷月孤坟与前句的温馨重逢形成对比，令人顿感心碎、凄凉。

在这首词中，作者采用将自己与亡妻时而合写、时而分写的结构，如"十年生死两茫茫"合写双方，"不思量，自难忘"分写自己一方；同时运用白描、虚实结合等表现手法，语言朴素自然，明白动人，情真意切，全无雕琢，感人肺腑，将对亡妻的深切怀念表现得淋漓尽致，使人读后无不为之动容。

学思践悟

柳永《雨霖铃·寒蝉凄切》一词中的"执手相看泪眼，竟无语凝噎"与这首词中哪句相似？试分析两句词的艺术特征。

江城子·乙卯正月二十日夜记梦

〔北宋〕苏轼

		十	年	生	死	两	茫	茫。	不
思	量,	自	难	忘。	千	里	孤	坟,	无
处	话	凄	凉。	纵	使	相	逢	应	不
识,	尘	满	面,	鬓	如	霜。			
		夜	来	幽	梦	忽	还	乡。	小
轩	窗,	正	梳	妆。	相	顾	无	言,	惟
有	泪	千	行。	料	得	年	年	断	肠
处,	明	月	夜,	短	松	冈。			

鹊桥仙^①·纤云弄巧^②

[北宋] 秦观

诵读细酌

欧阳修、柳永、苏轼等文坛大家都曾以牛郎织女的故事为创作的灵感，其词虽然在遣词造句上各有不同，但多侧重描写两人相聚之不易和离别之痛苦，格调哀婉、凄楚。相比之下，秦观的《鹊桥仙·纤云弄巧》多是对两人爱情超越时空限制的赞美和肯定，情感细腻，立意高远。请朗诵这首词，一同感受这跨越万里的浪漫。

品读指导

纤云弄巧，飞星^③传恨，银汉^④迢迢^⑤暗度^⑥。金风玉露^⑦一相逢，便胜却人间无数。

柔情似水，佳期如梦，忍顾^⑧鹊桥归路。两情若是久长时，又岂在朝朝暮暮^⑨。

（选自《唐宋词鉴赏辞典》，上海辞书出版社，2016 年）

作者简介

秦观（1049—1100），字少游、太虚，号淮海居士，世称"淮海先生"，高邮（今属江苏）人，北宋词人。他的文辞被苏轼所赏识，故成为"苏门四学士"之一。其诗词多写男女情爱，也有感伤身世之作，风格委婉含蓄，感情深挚。有《淮海集》《淮海居士长短句》等。

注释

① 鹊桥仙：词牌名。双调五十六字，前后段各五句，押仄韵。此词是歌咏牛郎织女鹊桥相会的故事。

② 纤云弄巧：指云彩轻盈而又多变。纤云，轻盈的云彩。

③ 飞星：流星。一说指牵牛星和织女星。

④ 银汉：银河，天河。

⑤ 迢迢：遥远的样子。

⑥ 暗度：悄悄渡过（银河）。度，通"渡"，指牛郎织女在七夕渡天河相会。

⑦ 金风玉露：秋风白露，指秋天。

⑧ 忍顾：不忍回顾。

⑨ 朝朝暮暮：指朝夕相守。

译文

　　轻盈的云彩在天空中变幻多端，天上的流星传递着相思的愁怨，遥远无垠的银河今夜我悄悄渡过。在秋风白露的七夕相会，就胜过世间千千万万的美好事物。

　　柔情似水，短暂的相会如梦似幻，分别之时不忍去看那鹊桥路。只要两情至死不渝，又何必贪求卿卿我我的朝欢暮乐呢。

作品鉴赏

赏析

　　这是一首咏七夕的节序词（以时令节日、民俗风景为表现对象的诗作或词作）。作者借牛郎织女的故事，歌颂了坚贞、纯洁、诚挚的爱情。

　　"纤云弄巧，飞星传恨，银汉迢迢暗度"一句，通过描绘轻盈而又变化多端的云彩，显示出织女的手艺精妙绝伦。可是，这样美好的人却不能与自己心爱之人朝夕相处，仿佛那些星星都传递着他们的离愁别恨。"迢迢"二字描绘出银河的辽阔，也暗指牛郎和织女相距之遥远，进一步强化了二人的相思之苦。

　　接下来作者开始描绘牛郎织女相会的场面了。可是作者并没有实写，而是宕开笔墨，以富有感情色彩的笔调赞叹道："金风玉露一相逢，便胜却人间无数。"一对久别的情侣在金风玉露之夜、碧落银河之畔相会了，这美好的一刻，就抵得上世间千千万万的美好事物，表达了作者对一种理想、圣洁而永恒的爱情的歌颂。

　　"柔情似水，佳期如梦，忍顾鹊桥归路"，那两情相会的情意就像悠悠无声的流水，是那样的温柔缠绵。"似水"照应上阕的"银汉迢迢"，即景设喻，十分自然。"佳期如梦"不仅写出了相会的时间短，还写出了恋人相会时的复杂心情。下句"忍顾鹊桥归路"转而写离别，刚刚借以相会的鹊桥转瞬便成了和爱人分别的归路，一个"忍"字暗含了作者的无限惜别之情。

　　词写至此作者忽又调转笔锋，高亢道："两情若是久长时，又岂在朝朝暮暮。"秦观这两句词揭示了爱情的真谛：爱情要经得起长久分离的考验，只要彼此真心相爱，即使天各一方，也胜过卿卿我我的朝欢暮乐。这句既是对牛郎织女爱情的高度概括，也表达了作者自己的爱情观，是高度凝练的千古佳句。

　　这首词融写景、抒情和议论于一体，叙写牛郎织女的爱情故事，赋予这对神仙眷侣浓郁的人情味，进而讴歌了忠贞不渝的爱情，令人读来荡气回肠，感人肺腑，具有跨时代的审美价值和艺术价值。

学思践悟

这首词表达了怎样的恋爱观？谈一谈你的感想。

知识链接

乞巧，民间风俗，妇女在农历七月七日夜间向织女星乞求智慧和技巧，谓之"乞巧"。乞巧的方式多为姑娘们穿针引线，巧做些小物品，各个地区乞巧的方式不尽相同，但各有趣味。近代的蒸巧馍馍、烙巧果子、生巧芽，以及用面塑、剪纸等做成的装饰品均是乞巧风俗的延伸。

随学随练

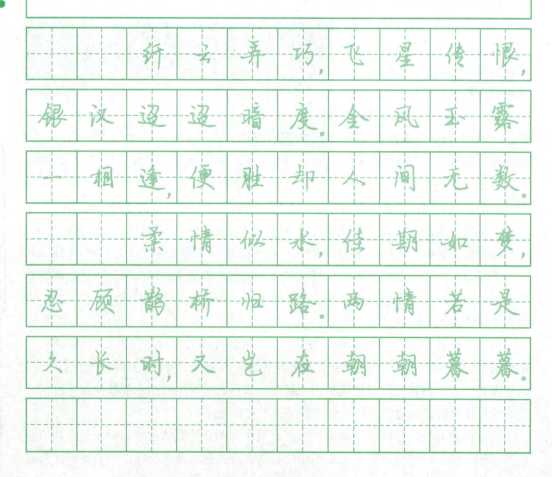

鹊桥仙·纤云弄巧

［北宋］秦观

纤云弄巧，飞星传恨，银汉迢迢暗度。金风玉露一相逢，便胜却人间无数。

柔情似水，佳期如梦，忍顾鹊桥归路。两情若是久长时，又岂在朝朝暮暮。

钗头凤①·红酥手②

[南宋] 陆游

诵读细酌

在一个繁花渐醒的春天，在外漂泊的陆游回到家中，一人到花园游荡。然而，他没想到会遇到阔别十年之久的唐琬——他曾经的妻子，也是他一生中最爱的人。陆游见人感事，心中感触颇深，遂写下了这篇表达他眷恋之深和相思之切的痴情作品。请朗诵这首词，品味词中的情感。

《钗头凤》朗读

品读指导

　　红酥手，黄縢酒③。满城春色宫墙柳。东风④恶，欢情薄。一怀愁绪，几年离索⑤。错，错，错。

　　春如旧，人空⑥瘦。泪痕红⑦浥⑧鲛绡⑨透。桃花落，闲池阁⑩。山盟⑪虽在，锦书⑫难托。莫⑬，莫，莫！

（选自《唐宋词鉴赏辞典》，上海辞书出版社，2016 年）

作者简介

　　陆游（1125—1210），字务观，号放翁，南宋诗人，越州山阴（今浙江绍兴）人。陆游一生创作诗词无数，内容多反映民生困苦，批判统治阶级，抒发政治抱负等，表现出其渴望国家统一的强烈爱国热情。他与尤袤、杨万里、范成大合称"中兴四大家"。著有《剑南诗稿》《渭南文集》《南唐书》《老学庵笔记》等。

注释

　　① 钗头凤：词牌名。相传其本名《撷芳词》，因北宋宫中有一撷芳园而得名，后南宋陆游因无名氏词有"可怜孤似钗头凤"一句，改名《钗头凤》。

　　② 红酥手：红润细腻的手。红，红润。酥，这里指皮肤滋润细腻。

　　③ 黄縢（téng）酒：黄封酒，这里指美酒。当时官酿的酒以黄纸封口，所以用黄封酒代指美酒。

　　④ 东风：这里喻指破坏作者爱情的人。

　　⑤ 离索：离群索居，这里指离散。

　　⑥ 空：白白地。

　　⑦ 红：指泪水因染上脸上的胭脂而变红。

　　⑧ 浥：沾湿。

⑨ 鲛绡：神话传说中人鱼所织的纱绢，这里指手帕。鲛，人鱼。

⑩ 闲池阁：寂静空旷的池边阁楼。

⑪ 山盟：指坚定不移的爱情盟约。

⑫ 锦书：指有情人之间表达爱意的书信。

⑬ 莫：罢了。

译文

你红润细腻的手，捧着盛满美酒的杯子。满城荡漾着春天的景色，宫墙里摇曳着绿柳。东风多么可恶，把浓郁的欢情吹得那样稀薄。满怀忧愁的情绪，离别几年来的生活十分萧索。遥想当初，只能感叹：错，错，错。

美丽的春景依然如旧，只是人却因相思而憔悴消瘦。泪水洗尽脸上的胭脂，又把薄绸的手帕全都浸湿。满园的桃花被风吹落，洒满寂静空旷的池边阁楼。永远相爱的誓言还在，可是书信再难以交付。遥想当初，只能感叹：罢了，罢了，罢了！

作品鉴赏

赏析

陆游与其原配夫人唐琬本是一对情投意合的恩爱夫妻，然而陆母担心陆游因儿女情长荒废学业，便百般阻挠，最终迫使二人分离。陆游另娶王氏为妻，唐琬改嫁赵士程。几年后的一个春日，仕途不顺的陆游在家乡山阴城南禹迹寺附近的沈园与偕夫同游的唐琬相遇。唐琬置办酒肴，聊表对陆游的抚慰之情。陆游见人感事，醉酒吟诵这首词，并信笔题于园壁之上。

词中记述了陆游与唐琬的这次相遇，表达了他们的眷恋之深和相思之切，也抒发了作者怨恨愁苦而又难以言状的凄楚心情。词的上阕通过追忆往昔美满的爱情生活，感叹被迫离异的痛苦；下阕由感慨往事回到现实，进一步抒写夫妻被迫离异的深哀剧痛。

全词多用对比手法，如越是将往昔夫妻共同生活时的美好场景描写得真切，就越凸显他们被迫离异后的凄凉心境，以形成强烈的感情对比；再如，上阕的"红酥手"与下阕的"人空瘦"形成鲜明的形象对比，展现出"几年离索"给唐琬带来的巨大痛苦。全词节奏紧凑，感情深切，余情回荡，叫人不禁掩卷长叹。

与陆游相遇的第二年春天，唐琬再一次来到沈园，徘徊在曲径回廊之间，见陆游的题词不禁心潮起伏，便作《钗头凤·世情薄》相答：

世情薄，人情恶，雨送黄昏花易落。晓风干，泪痕残。欲笺心事，独语斜阑。难，难，难！

人成各，今非昨，病魂常似秋千索。角声寒，夜阑珊。怕人寻问，咽泪装欢。瞒，瞒，瞒！

唐琬一词的上阕先是抒写了对封建礼教支配下的世道人心的愤恨之情，以及自己与陆游离异后的无限痛苦；下阕慨叹自己虽万般不幸，但为顺应社会礼教，也只能将思念之情藏在心底。尾句"瞒，瞒，瞒"更见她对陆游的一往情深和矢志不渝。这首词属于自言自语的感情倾诉，以缠绵执着的感情和作者悲惨的身世感动古今。

两首词所运用的艺术手法虽然不同，但都切合各自的性格、遭遇和身份。合而读之，颇有珠联璧合、相映生辉之妙。

学思践悟

1. 陆游在上下阕末尾分别连用"错，错，错"和"莫，莫，莫"，表达了其怎样的思想感情？

2. 你认为造成陆、唐二人悲剧的原因是什么？

随学随练

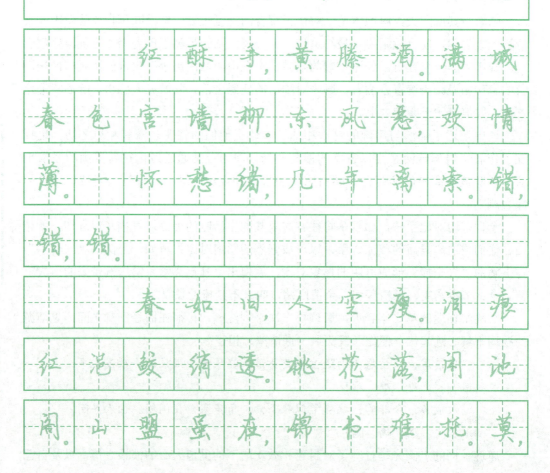

钗头凤·红酥手

[南宋] 陆游

红酥手，黄滕酒，满城春色宫墙柳。东风恶，欢情薄。一怀愁绪，几年离索。错，错，错。

春如旧，人空瘦，泪痕红浥鲛绡透。桃花落，闲池阁。山盟虽在，锦书难托。莫，莫，莫！

爱情悼亡篇

浣溪沙·谁念西风独自凉

[清] 纳兰性德

诵读细酌

这首词是纳兰性德悼念亡妻的作品。词中描绘了西风萧瑟、黄花凋零的凄清秋景，映衬出作者内心的孤寂，抒发了作者对亡妻的深深怀念之情。全词情感深沉，意境凄美，令人动容。请朗诵这首词，体会作者物是人非、怅然所失的感慨。

品读指导

谁①念西风独自凉。萧萧②黄叶闭疏窗③。沉思往事立残阳。
被酒④莫惊春睡⑤重，赌书⑥消得⑦泼茶香。当时只道是寻常。

（选自《纳兰性德词评注》，商务印书馆，2017 年）

作者简介

纳兰性德（1655—1685），原名成德，字容若，号楞伽山人，清代词人。他一生淡泊名利，以词闻名于世。其词以真取胜，写情真挚浓烈，写景逼真传神，风格清丽婉约，意蕴丰富，在清初词坛独树一帜。王国维在《人间词话》中称其为"以自然之眼观物，以自然之舌言情"的词人。有《通志堂集》《侧帽集》《饮水词》等。

注释

① 谁：此处指亡妻。
② 萧萧：风吹叶落发出的声音。
③ 疏窗：刻有花纹的窗户。
④ 被酒：酒醉。
⑤ 春睡：醉困沉睡，面含春色。
⑥ 赌书：此处为李清照和赵明诚的典故。李清照《金石录后序》云："余性偶强记，每饭罢，坐归来堂烹茶，指堆积书史，言某事在某书某卷、第几页第几行，以中否角胜负，为饮茶先后。中即举杯大笑，至茶倾覆怀中，反不得饮而起。甘心老是乡矣，虽处忧患困穷，而志不屈。"作者以此典为喻，说明往日与亡妻有着像李清照夫妇一样美满的夫妻生活。
⑦ 消得：消受，享受。

译文

秋风吹起，谁还会关心我的冷暖，惦念我孤独的情怀？不忍见黄叶被风吹落而关上了窗。独自伫立屋中任夕阳斜照，追忆往事茫茫。

醉酒后睡梦沉沉，面含春色，妻子悄声不敢惊扰，闺中赌书，衣襟满带茶香。曾经美好快乐的记忆，当时觉得再寻常不过了，而今却物是人非。

作品鉴赏

赏析

这首词是纳兰性德为悼念亡妻而作。词的上阕是作者此时的沉思，表达出其丧妻后的孤单与凄凉。"谁念西风独自凉"从季节变换的感受发端。在这深秋之际，若是曾经，妻子会催促作者加衣，以免着凉生病。而今他与妻子阴阳两隔，再也感受不到她的嘘寒问暖了。这句词以反问的句式间接地给出了答案，同时夹杂着作者期待与失望的矛盾情绪。"西风"二字更是为整首词奠定了哀伤、悲凉的情感基调。开篇仅此一句，便已叫人悲从中来。

"萧萧黄叶闭疏窗"是对秋天景色的描写。在秋风劲吹之下，枯黄的树叶纷纷扬扬地飘进屋里，更让作者感到秋意寒凉。于是他关上窗，将那触目神伤的黄叶挡在窗外。然而独处的环境不免使作者更加孤寂，只好"沉思往事立残阳"，这一句将全词的情感推向高潮，点明了作者所有的情绪都与以往的人、事有关。这种对过往的沉思，既是对过去的一种缅怀，也是对当下的一种反思，更是对未来的一种期许或忧虑。

上阕通过"西风""黄叶""疏窗""残阳"等意象，将作者追忆往事的孤单形象楔入读者的脑海，使读者无不为之动容。

在上阕的烘托与铺垫下，词的下阕自然而然地写出了作者对往事的追忆。"被酒莫惊春睡重，赌书消得泼茶香"描绘了妻子在时的两个生活片段：春日醉酒后沉沉睡去，妻子动作说话都轻轻的，不敢惊动；像李清照、赵明诚一样"赌书"而导致茶酒满身的情形也属平常。这里引用了李清照与赵明诚的典故，说明作者与妻子的生活充满诗情和雅趣，幸福美满。作者深知这一切已无法挽回，只得把这哀思与无奈化作一句"当时只道是寻常"，曾经美好快乐的记忆，当时觉得再寻常不过了，而今却物是人非，蕴含了作者无限追悔之情。

全词情景相生，由"西风""黄叶"生发出自己孤单寂寞和思念亡妻之情，再由思念之情追忆往昔生活片段，最后产生无穷的遗憾。景与情互相生发，互相映衬，层层递进，生动地表达了作者沉重的哀伤，引人共鸣。

学思践悟

谈一谈你对"被酒莫惊春睡重，赌书消得泼茶香。当时只道是寻常"的理解。

随学随练

浣溪沙·谁念西风独自凉

[清] 纳兰性德

谁念西风独自凉，萧
萧黄叶闭疏窗。沉思往事
立残阳。

被酒莫惊春睡重，赌
书消得泼茶香。当时只道
是寻常。

蒹 葭

《诗经》

蒹葭苍苍，白露为霜。
所谓伊人，在水一方。

溯洄从之，道阻且长。
溯游从之，宛在水中央。

蒹葭凄凄，白露未晞。
所谓伊人，在水之湄。

溯洄从之，道阻且跻。
溯游从之，宛在水中坻。

蒹葭采采，白露未已。
所谓伊人，在水之涘。

溯洄从之，道阻且右。
溯游从之，宛在水中沚。

行行重行行

《古诗十九首》

行行重行行，与君生别离。
相去万余里，各在天一涯；
道路阻且长，会面安可知！
胡马依北风，越鸟巢南枝。
相去日已远，衣带日已缓；
浮云蔽白日，游子不顾反。
思君令人老，岁月忽已晚。
弃捐勿复道，努力加餐饭！

爱情悼亡篇

白头吟

[西汉] 卓文君

皑如山上雪，皎若云间月。
闻君有两意，故来相决绝。
今日斗酒会，明旦沟水头。
躞蹀御沟上，沟水东西流。
凄凄复凄凄，嫁娶不须啼。
愿得一人心，白头不相离。
竹竿何袅袅，鱼尾何簁簁。
男儿重意气，何用钱刀为！

离 思

[唐] 元稹

曾经沧海难为水，除却巫山不是云。
取次花丛懒回顾，半缘修道半缘君。

一剪梅

[南宋] 李清照

红藕香残玉簟秋。轻解罗裳，独上兰舟。
云中谁寄锦书来？雁字回时，月满西楼。
花自飘零水自流。一种相思，两处闲愁。
此情无计可消除，才下眉头，却上心头。

摸鱼儿·雁丘词

[金] 元好问

问世间、情是何物，直教生死相许？天南地北双飞客，老翅几回寒暑。欢乐趣，离别苦，就中更有痴儿女。君应有语，渺万里层云，千山暮雪，只影向谁去？

横汾路，寂寞当年箫鼓，荒烟依旧平楚。招魂楚些何嗟及，山鬼暗啼风雨。天也妒，未信与，莺儿燕子俱黄土。千秋万古，为留待骚人，狂歌痛饮，来访雁丘处。

边塞军旅篇

探渊索珠——大漠孤烟

　　边塞军旅诗是时代的产物，也是最能体现国运盛衰的作品。它源自魏晋南北朝时期的刘琨、鲍照和庾信，还可追溯到建安一派的诗人。

　　边塞军旅生活是唐代诗歌的主要题材，是唐诗中思想性最深刻、想象力最丰富、艺术性最强的一部分。在唐代，由于很多诗人有边塞生活经历及军旅生活体验，他们的诗作内容丰富多彩、有血有肉。其中，既有"大漠孤烟直，长河落日圆"的边塞风光，又有"将军金甲夜不脱，半夜军行戈相拨"的艰苦生活；既有"黄沙百战穿金甲，不破楼兰终不还"的杀敌报国、建功立业的抱负，又有"更吹羌笛关山月，无那金闺万里愁"的思乡情思……边塞军旅诗以其雄浑、磅礴、豪放、浪漫、悲壮、瑰丽的风格，成为唐诗中一面高擎入云的旗帜。

　　到了宋代，外辱不断，国难当头，统治者软弱无能，边塞军旅诗多表现报国无门的愤懑及归家无望的哀伤。例如，陆游的"塞上长城空自许，镜中衰鬓已先斑"（《书愤五首》其一），辛弃疾的"了却君王天下事，赢得生前身后名。可怜白发生！"（《破阵子·为陈同甫赋壮词以寄之》），贺铸的"恨登山临水，手寄七弦桐，目送归鸿"（《六州歌头·少年侠气》），等等，都展现了作者杀敌报国、恢复祖国山河、建立功名的雄心壮志。

　　本篇将详细介绍杨炯的《从军行》、王维的《使至塞上》、高适的《燕歌行》、岑参的《逢入京使》《白雪歌送武判官归京》、张籍的《凉州词三首》其一、李贺的《雁门太守行》这七首诗。让我们跟随诗人出征远戍、游历边塞，在欣赏边塞风光的同时，体会戍边将士思念故乡、矢志报国的真情。

从军行①

[唐] 杨炯

诵读细酌

唐高宗调露、永隆年间（679—681），吐蕃、突厥曾多次侵扰中原边境，礼部尚书裴行俭奉命出师征讨。此诗就描写了一个读书人在边塞从军、参加战斗的整个过程。请朗诵这首诗，品味诗中的情感。

品读指导

> 烽火②照西京③，心中自不平。
> 牙璋④辞凤阙⑤，铁骑绕龙城⑥。
> 雪暗凋⑦旗画，风多杂鼓声。
> 宁为百夫长⑧，胜作一书生。

（选自《唐诗（历代名诗鉴赏）》，上海辞书出版社，2018 年）

作者简介

杨炯（650—约 693），华阴（今属陕西）人，唐代诗人，为"初唐四杰"之一。显庆四年（659）被举为神童，上元三年（676）应制举及第，授校书郎。后又任崇文馆学士，迁詹事司直。杨炯才华出众，善写散文，尤善诗歌。现存诗歌 30 余首，在内容和艺术风格上以突破齐梁"宫体诗风"为特色，在诗歌发展史上起到了承上启下的作用。

注释

① 从军行：为乐府《相和歌·平调曲》旧题，其内容多写军旅生活。

② 烽火：古代边防告急的烟火。

③ 西京：长安。

④ 牙璋：古代发兵时所用的兵符，分为两块，朝廷和主帅各执其半。这里指代奉命出征的将帅。

⑤ 凤阙：皇宫。

⑥ 龙城：汉代匈奴聚会祭天之处，此处泛指敌方要塞。

⑦ 凋：本指草木枯败凋零，这里指失去了鲜艳的色彩。

⑧ 百夫长：一百个士兵的头目，泛指低级军官。

边塞军旅篇

译文

烽火照耀京都长安，不平之气油然而生。

辞别皇宫，将军手执兵符而去；围敌攻城，精锐骑兵勇猛异常。

大雪纷飞，军旗黯然失色；狂风怒吼，夹杂咚咚战鼓。

我宁愿做个低级军官为国冲锋陷阵，也胜过当个白面书生只会雕句寻章。

作品鉴赏

赏析

这首诗借用乐府旧题"从军行"，描写一个读书士子投笔从戎、参加战斗的全过程。全诗既揭示出人物的心理活动，又渲染了战争气氛，笔力极其雄劲。

诗的前两句交代了背景，写边报传来，志士们的爱国热情高涨。作者并不直接说军情紧急，只说"烽火照西京"，通过"烽火"这一形象化的事物，表现出军情的紧急；同时，一个"照"字，也渲染了战争的紧张氛围。国家兴亡，匹夫有责。边关的战争令读书士子"心中自不平"。一个"自"字，表现了读书士子由衷的爱国之情。

第三句"牙璋辞凤阙"，描写了军队出师的情景。"牙璋""凤阙"两词，典雅而稳重，既说明出征将士怀有崇高的使命，又显示了出师场面的隆重和庄严。第四句"铁骑绕龙城"，说明唐军在到达前线后，将敌方要塞团团包围。"铁骑"与"龙城"相对，渲染出龙争虎斗的战争气氛。

第五、六句开始描写战争场面，作者没有从正面着笔，而是通过景物描写烘托气氛。"雪暗凋旗画，风多杂鼓声"，前句从视觉出发，描写了大雪弥漫、遮天蔽日的场景；后句从听觉出发，表现了狂风与军鼓声交织的雄壮场面。作者别出机杼，以象征军队的"旗"和"鼓"，从侧面表现出征将士冒雪同敌人搏斗的坚强无畏精神和在战鼓声中奋勇杀敌的悲壮、激烈的场面。

诗的最后两句"宁为百夫长，胜作一书生"，直接抒发从戎书生保家卫国的壮志豪情。他不畏艰苦激烈的战斗，宁愿驰骋沙场，也不愿做置身书斋的书生。

能把上述如此丰富的内容，浓缩在有限的篇幅里，可见作者文字功力之深厚。首先，作者挑出战争过程中具有代表性的片段来写，略去他投笔从戎、行军情况等内容。其次，诗中的场景是跳跃式地发展的，即从一个典型场景跳到另一个典型场景。例如，第三句刚写了辞京，第四句就已经包围了敌人，接着又写战争的场面。然而，这种跳跃十分自然，给人留下了丰富的想象空间。同时，这种跳跃式的结构使诗歌具有明快的节奏，如同从悬崖峭壁倾泻而下的飞瀑，气势十足，突显了书生强烈的爱国情感和将士出征的壮观场面。

学思践悟

"雪暗凋旗画，风多杂鼓声"从哪两个方面描绘了激烈悲壮的战争场面？

从军行

[唐]杨炯

烽火照西京，心中自
不平。牙璋辞凤阙，铁骑绕
龙城。雪暗凋旗画，风多杂
鼓声。宁为百夫长，胜作一
书生。

使至塞上①

［唐］王维

诵读细酌

《使至塞上》这首诗以传神的笔墨描绘了塞外壮阔的景象。其中"大漠孤烟直，长河落日圆"更是被王国维称赞为"千古壮观"之句。请朗诵这首诗，让我们一起回到那浩瀚无边的景象中吧。

《使至塞上》朗读

品读指导

> 单车②欲问边③，属国④过居延⑤。
> 征蓬⑥出汉塞，归雁⑦入胡天⑧。
> 大漠⑨孤烟⑩直，长河⑪落日圆。
> 萧关⑫逢候骑⑬，都护⑭在燕然⑮。

（选自《王维诗集》，上海古籍出版社，2017 年）

知识链接

王维才华横溢，在诗、画、音乐等方面都有很高的艺术造诣。他的诗往往描绘出如画风景，意蕴深远，苏轼曾评价其诗"诗中有画""画中有诗"。如"漠漠水田飞白鹭，阴阴夏木啭黄鹂""山下孤烟远村，天边独树高原"等诗句，均勾勒出生动如画的景象，为世人所称道。

注释

① 使至塞上：奉命出使边塞。使，出使。

② 单车：一辆车，这里形容轻车简从。

③ 问边：慰问守卫边疆的官兵。

④ 属国：典属国的简称。汉代称负责少数民族事务的官员为典属国，作者在这里借指自己出使边塞的使者身份。

⑤ 居延：地名，在今甘肃张掖北。这里泛指辽远的边塞地区。

⑥ 征蓬：随风远飞的蓬草，此处为作者自喻。

⑦ 归雁：从南方飞回的大雁。

⑧ 胡天：胡人的领地。

⑨ 大漠：大沙漠，此处是指凉州以北的沙漠。

⑩ 孤烟：烽烟。

⑪ 长河：黄河。

⑫ 萧关：古关名，故址在今宁夏固原东南。

⑬ 候骑：负责侦察、巡逻的骑兵。

⑭ 都护：这里指前线统帅。

⑮ 燕然：古山名，即今蒙古国杭爱山。这里代指前线。

译文

我轻车简从将要去慰问边关的将士们，已经经过了居延。

像随风而去的蓬草一样出临边塞，北归大雁正翱翔云天。

浩瀚沙漠中孤烟直上，黄河边上落日浑圆。

到萧关时遇到侦察骑兵，他告诉我统帅在燕然。

作品鉴赏

赏析

这首诗前两句交代了诗缘何而作。"单车"，是说随从少，出使规格不高；"欲问边"，是出使目的；"居延"交代了地点。作者于记事写景之中微露失意情绪。

第三、四句包含多重意蕴。由"归雁"一词可知，这次出使边塞的时间是春天。蓬草成熟后，枝叶干枯，根离大地，随风飘卷，故称"征蓬"。作者借蓬草自喻，写出飘零之感；"出汉塞"恰与他此行相映照，且突显出甚为浓厚的异国他乡之感。去国离乡，作者情绪复杂。在这两句诗中，作者采用的是两两对比的写法。"征蓬"于作者是正比，而"归雁"则是反衬。在一派春光中，大雁北归，适得其所；而作者迎着漠漠风沙，像蓬草一样飘向塞外，境况迥然不同。

第五、六句写景，两个画面境界阔大，气象雄浑。第一个画面是大漠孤烟。置身大漠，作者眼前是这样一幅景象：黄沙莽莽，无边无际；昂首看天，天空没有一丝云影；极目远眺，但见天尽头有一缕孤烟在升腾，作者的精神为之一振，似乎觉得这荒漠有了一点生气。烽烟告诉他，此行快要到目的地了。第二个画面是长河落日。作者大概是站在一座山头上，俯瞰蜿蜒的河道，时当傍晚，落日低垂，河面闪着粼粼波光，一个"圆"字准确地描绘出河上落日的特点。由于作者视角独特，平添了河水吞吐日月的宏阔气势，从而使整个画面显得雄奇瑰丽，同时表现出他孤寂的情绪。

最后两句以事作结：得知都护此时所在，作者的使命也即将完成。这首诗虽是记录旅途所见，但或抒感慨，或叙异域风光，意境雄浑，自然天成。

学思践悟

任选一个角度（如构思、表现手法、语言等），用自己的语言对《使至塞上》进行赏析。

使至塞上

[唐]王维

单车欲问边，属国过

居延。征蓬出汉塞，归雁入

胡天。大漠孤烟直，长河落

日圆。萧关逢候骑，都护在

燕然。

燕歌行

［唐］高适

诵读细酌

《燕歌行》是高适的代表作，不仅是其"第一大篇"，还是唐代边塞诗中的杰作。此诗雄健激越，慷慨悲壮，意在慨叹征战之苦，谴责将领的骄傲轻敌与腐败荒唐导致战争失利、士兵牺牲；反映了士兵与将领之间苦乐迥异的现实。此诗虽叙写边战，但重点不在民族矛盾，而是讽刺和愤恨不体恤士兵的将领。

品读指导

汉家①烟尘②在东北，汉将辞家破残贼。
男儿本自重横行③，天子非常赐颜色④。
拟⑤金⑥伐⑦鼓下榆关⑧，旌旆⑨逶迤⑩碣石⑪间。
校尉⑫羽书⑬飞瀚海⑭，单于⑮猎火⑯照狼山⑰。
山川萧条极⑱边土，胡骑凭陵⑲杂风雨⑳。
战士军前半死生㉑，美人帐下犹歌舞。
大漠穷秋塞草腓㉒，孤城落日斗兵稀㉓。
身当恩遇㉔常轻敌，力尽关山未解围。
铁衣远戍辛勤久，玉箸㉕应啼别离后。
少妇城南㉖欲断肠，征人蓟北㉗空回首。
边庭飘飖㉘那可度㉙，绝域㉚苍茫无所有㉛。
杀气三时㉜作阵云㉝，寒声一夜㉞传刁斗㉟。
相看白刃血㊱纷纷，死节㊲从来岂顾勋㊳！
君不见沙场征战苦，至今犹忆李将军㊴。

（选自《高适集校注》，上海古籍出版社，1984 年）

作者简介

高适（约 700—765），字达夫，渤海蓨（tiáo）（今河北景县）人，唐代诗人。早年潦倒失意，曾往来东北边陲。天宝中举有道科，授封丘尉。后辞官客游河西，为哥舒翰书记。安史之乱起，奔赴行在，历任淮南、西川节度使，封渤海县侯，终散骑常侍。世称"高常侍"或"高渤海"。熟悉军事生活。所作边塞诗，对边地形势和士兵疾苦均有反映，《燕歌行》为其代表作。和岑参齐名，并称"高岑"，风格也大略相近。有《高常侍集》。

① 汉家：汉代，唐诗中经常借汉说唐。

② 烟尘：代指战争。

③ 横行：任意驰走，无所阻挡。

④ 非常赐颜色：超过平常的厚赐礼遇。

⑤ 扠（chuāng）：撞击。

⑥ 金：指钲一类的金属打击乐器。

⑦ 伐：敲击。

⑧ 榆关：今山海关。

⑨ 旌旆（pèi）：泛指旗帜。旌是竿头饰羽的旗，旆是旗帜末端状如燕尾的饰物。

⑩ 逶迤：舒展的样子。

⑪ 碣石：山名。

⑫ 校尉：武官名，泛指统帅。

⑬ 羽书：插有鸟羽的紧急军事文书。

⑭ 瀚海：唐代对蒙古高原大沙漠以北及其迤西今准噶尔盆地一带广大地区的泛称。

⑮ 单于：匈奴首领称号，也泛指北方少数民族首领。

⑯ 猎火：打猎时焚山驱兽之火，借指游牧民族兴兵打仗的战火。

⑰ 狼山：古代称狼山者不止一处，这里借指边地交战区域的山。

⑱ 极：穷尽。

⑲ 凭陵：逼压。

⑳ 杂风雨：形容敌人来势凶猛，如风雨交加。

㉑ 半死生：意思是半生半死，指伤亡惨重。

㉒ 腓（féi）：枯萎。

㉓ 斗兵稀：作战的士兵越打越少了。

㉔ 身当恩遇：主将受朝廷的恩宠厚遇。

㉕ 玉箸：玉制的筷子，比喻思妇的泪水。

㉖ 城南：唐代长安的住宅区在城南。

㉗ 蓟北：唐代蓟州在今天津市以北一带，此处泛指唐代东北边地。

㉘ 边庭飘飖：形容边塞战场动荡不安。飘飖，随风飘荡的样子。

㉙ 度：越过。

㉚ 绝域：遥远的边陲。

㉛ 无所有：荒凉无际。

㉜ 三时：早、午、晚，即从早到晚，指历时很久。

㉝ 阵云：堆积好似战阵的浓云。

㉞ 一夜：整夜，彻夜。

㉟ 刁斗：军中用于巡更敲击、煮饭的铜器。

㊱ 血：一作"雪"。

㊲ 死节：为国捐躯。节，气节。

㊳ 岂顾勋：难道还顾及自己的功勋！

㊴ 李将军：西汉名将李广。他捍御强敌，厚待士卒，匈奴称他为"汉之飞将军"。

译文

东北边境战事又起，将军离家前去征讨贼寇。

男儿本来就看重驰骋沙场，杀敌打仗，皇帝又特别给予他们丰厚的赏赐。

擂响金鼓，军队浩浩荡荡开出山海关外，旌旗舒展飘扬在碣石山间。

校尉飞奔过浩瀚沙海，传递紧急文书，单于把战火燃到了狼山。

山河荒芜多萧条，满目凄凉到边土；胡人的骑兵来势凶猛，如风雨交加。

战士在前线杀得昏天黑地，伤亡惨重；将军依然逍遥自在地在营帐中观赏美人的歌舞！

深秋季节，塞外沙漠上草木枯萎；日落时分，边城孤危，作战的士兵越来越少。

身受朝廷恩宠厚遇的将军常常轻敌，战士筋疲力尽仍难解关山之围。

身披铁甲的征夫，不知道守卫边疆多少年了；那家中的思妇自丈夫出征后，应该一直在悲痛啼哭吧。

思妇独守故乡，悲苦地牵肠挂肚；征夫在边疆枉自回首，遥望家园。

边塞战场动荡不安，哪里能够轻易归来？遥远的边陲更是无比荒凉。

从早到晚杀气腾腾，战云密布，整夜里只听到巡更的刁斗那悲伤的声音。

战士们互相对望，雪亮的战刀上染满了斑斑血迹；坚守节操，为国捐躯，岂是为了个人的名利功勋？

你没看见战士在沙场上拼杀有多惨苦，他们现在仍在怀念有勇有谋的李广将军。

作品鉴赏

赏析

开元年间，契丹屡屡入侵东北边境，导致烽烟四起，百姓处于水深火热之中。坐镇东北边塞的是辅国大将军张守珪。但开元二十四年（736），张守珪让平卢讨击使安禄山讨奚、契丹，安禄山恃勇轻进而败北。开元二十六年（738），赵堪、白真陀罗假借张守珪的命令，逼令平卢军使乌知义奔击奚、契丹，先胜后败。作者据此作诗，意在慨叹征战之苦，讽刺和谴责将领的骄傲轻敌与荒唐失职，并颂扬为国御敌的将士的大无畏精神。

此诗可以分为四部分，即出师、战败、被围、死斗。诗的前八句描写出师。首句指明战争发生的地方——东北，次句点明战争的性质——反击侵略。"男儿本自重横行，天子非常赐颜色"似在描写汉将去国时的威武荣耀，实则暗含讥讽。据《史记》载，匈奴单于写信侮辱吕后，樊哙为迎合吕后，夸言："臣愿得十万众，横行匈奴中。"季布斥责他当面欺君，该斩。"横行"一词是恃勇轻敌的意思，也为后面的败北埋下伏笔。

接下来，诗开始描写行军。出征的军队浩浩荡荡，气势雄壮，敲锣打鼓，雄赳赳开出山海关。战士们慷慨激昂，随着震天的鼓声昂首阔步。这大摇大摆行军的场面流露出将军临战前不可一世的傲慢态度。

战端一启，"校尉羽书飞瀚海，单于猎火照狼山"。"飞"字突出了军情之紧急，"猎火照狼山"亦显敌军之强大。以上这八句诗，从辞家去国到榆关、碣石、瀚海、狼山，层层递进，气氛亦越发凝重、紧张。

从"山川萧条极边土"到"力尽关山未解围"写战败。边塞充满肃杀的气氛，战士们在战场上奋勇杀敌，然而将军却在阵地寻欢作乐。这就暗示了必败的原因。

"铁衣远戍辛勤久"至"寒声一夜传刁斗"八句写战士被围困时的痛苦心情。思妇与征夫饱受离别之苦，战场之上又是如此绝境，让人不禁发出疑问，究竟是谁将他们推到如此境地？

最后四句写死斗，收束全篇。"相看白刃血纷纷，死节从来岂顾勋！"战士们浴血奋战，他们为国献身的决心岂是为了获得个人功勋？作者怀着悲悯和颂扬之情，不禁感慨道："君不见沙场征战苦，至今犹记李将军。"

整体看来，全诗慷慨悲壮，气势畅达，节奏起伏跌宕，主题深刻含蓄，值得我们用心去诵读、体会。

学思践悟

诗中为什么说"至今犹忆李将军"？李将军与诗中的将军有什么不同？

随学随练

燕歌行

[唐] 高适

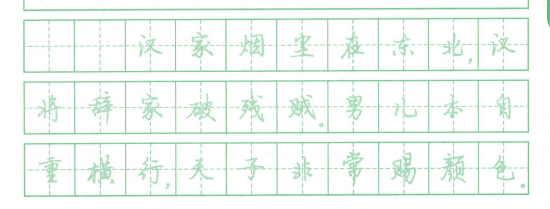

汉家烟尘在东北，汉
将辞家破残贼。男儿本自
重横行，天子非常赐颜色。

拟金伐鼓下榆关，旌旆逶
迤碣石间。校尉羽书飞瀚
海，单于猎火照狼山。山川
萧条极边土，胡骑凭陵杂
风雨。战士军前半死生，美
人帐下犹歌舞。大漠穷秋
塞草腓，孤城落日斗兵稀。
身当恩遇常轻敌，力尽关
山未解围。铁衣远戍辛勤
久，玉箸应啼别离后。少妇
城南欲断肠，征人蓟北空
回首。边庭飘飖那可度，绝
域苍茫无所有。杀气三时

作阵云，寒声一夜传刁斗。
枭看剑刃血纷纷，死节从
来岂顾勋！君不见沙场征
战苦，至今犹忆李将军。

边塞军旅篇

逢入京使

［唐］岑参

诵读细酌

　　《逢入京使》是唐代诗人岑参的诗作。此诗描写了岑参远赴边塞，路逢回京使者，托其向家乡带口信，以安慰悬望的家人的场面。全诗语言朴实，不加雕琢，却饱含真挚自然、感人至深的思乡之情。

《逢入京使》朗读

品读指导

故园①东望路漫漫②，双袖龙钟③泪不干。

马上相逢无纸笔，凭④君传语⑤报平安。

（选自《唐诗三百首》，中华书局，2023 年）

作者简介

　　岑参（约 715—770），江陵（今湖北荆州市荆州区）人，唐代诗人。他与高适齐名，并称"高岑"。岑参官至嘉州刺史，世称"岑嘉州"。岑诗倾向于表现慷慨报国的英雄气概和不畏艰难的乐观精神；艺术表现方面想象丰富、夸张大胆、色彩绚丽。岑参擅长用七言歌行描绘边塞风光来抒发豪迈奔腾的感情。

注释

① 故园：这里指长安。
② 漫漫：形容路途十分遥远。
③ 龙钟：泪流纵横的样子。
④ 凭：托，烦，请。
⑤ 传语：捎口信。

译文

　　向东遥望长安，路途遥远，思乡之泪沾湿双袖难擦干。

　　在马上匆匆相逢没有纸笔写书信，只有托你捎个口信，给家人报平安。

作品鉴赏

赏析

　　这是一首广为传诵的名作。它之所以受到推崇，主要是因为写得自然而富有韵味。

边塞军旅篇

诗中没有雄伟壮阔的边塞风光，而是用简单、真挚的语言展现出浓浓的思乡之情。

此诗前两句塑造了西行途中的旅人形象。首句只叙事，不言情，但情感自生。"故园东望路漫漫"一句，一上来就揭示了思乡的主题。作者默默凝视着东方的故乡，步步西去，距离家乡越来越远。"路漫漫"三字不禁令人心生"离恨恰如春草，更行更远还生"的感触。第二句说擦眼泪已经弄湿了双袖，可是脸上的泪水仍旧不干。这种写法虽有夸张，却极朴素、真切地再现了一个普通人想家的情态，没有丝毫的矫揉造作。

"马上相逢无纸笔，凭君传语报平安"，这两句十分传神地写了作者遇到入京使者时欲捎书回家报平安，又苦于没有纸笔的情形。"逢"字点出了题目，在赶赴安西的途中，遇到作为入京使者的故人，彼此都鞍马倥偬，交臂而过。一个继续西行，一个东归长安，而自己的家人也在长安，于是想托故人带封家信回去；可偏偏又无纸笔，也顾不上写信了，只好托人带个口信，即"凭君传语报平安"。最后一句诗处理得很简单，收束得干净利落，但简净之中寄寓着作者的一片深情，真挚感人。

这首诗信口而成，语言朴素自然，不加雕琢，充满了浓郁的生活气息，既有生活情趣，又有人情味，余味深长。岑参善于把人的心头所想及要说的话，用艺术手法加以提炼和概括，使诗句在平易之中又显出丰富的韵味，从而深入人心，令人印象深刻。这首诗充分体现出这一特色。

学思践悟

请用自己的语言描绘"故园东望路漫漫"所展现的画面。

随学随练

逢入京使

[唐] 岑参

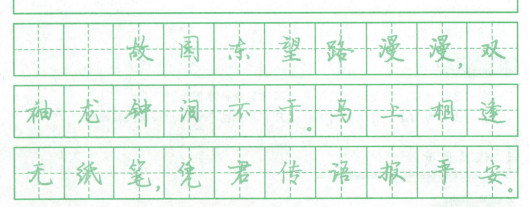

故	园	东	望	路	漫	漫，	双
袖	龙	钟	润	不	干。| 马	上	相	逢
无	纸	笔，| 凭	君	传	语	报	平	安。

白雪歌送武判官①归京

[唐] 岑参

诵读细酌

"千山鸟飞绝，万径人踪灭""窗含西岭千秋雪，门泊东吴万里船""风雨送春归，飞雪迎春到。已是悬崖百丈冰，犹有花枝俏""北国风光，千里冰封，万里雪飘。望长城内外，惟余莽莽；大河上下，顿失滔滔"……诗词中描写雪景的诗句比比皆是。岑参的这首《白雪歌送武判官归京》不仅描写了塞外八月飞雪的壮丽景色，还抒写了塞外送别、雪中送客的离愁别绪。请朗诵这首诗，欣赏这幅"咏雪送别图"。

《白雪歌送武判官归京》朗读

品读指导

北风卷地白草②折，胡天③八月即飞雪。

忽如一夜春风来，千树万树梨花④开。

散入珠帘⑤湿罗幕⑥，狐裘⑦不暖锦衾薄⑧。

将军角弓⑨不得控⑩，都护⑪铁衣冷犹着。

瀚海⑫阑干⑬百丈冰，愁云惨淡⑭万里凝。

中军⑮置酒饮归客，胡琴⑯琵琶与羌笛⑰。

纷纷暮雪下辕门⑱，风掣⑲红旗冻不翻⑳。

轮台东门送君去，去时雪满天山路。

山回路转不见君，雪上空留马行处。

（选自《唐诗三百首》，中华书局，2023年）

岑参成名较早，在天宝年间已是著名诗人。他曾说："功名须及早，岁月莫虚掷。"他热衷于建功立业，是一个有理想、有抱负的人，曾两次慷慨赴边。在盛唐时期，岑参的边塞诗数量最多，其诗内容丰富，突破了边塞诗创作的传统格局，形成了自己独特的风格。

注释

① 武判官：生平不详。判官，官职名，是节度使、观察使一类官吏的僚属。

② 白草：一种牧草，干熟时变白。

③ 胡天：胡人地域的天空。泛指胡人居住的地方。

④ 梨花：这里比喻雪花积在树枝上，像梨花开了一样。

⑤ 珠帘：以珠子穿缀成的帘子。

⑥ 罗幕：丝织的帐幕。

⑦ 狐裘：狐皮袍子。

⑧ 锦衾薄：盖了华美的织锦被子还觉得薄，形容天气很冷。

⑨ 角弓：一种用兽角装饰的弓。

⑩ 不得控：天太冷而冻得拉不开弓。

⑪ 都护：镇守边镇的长官。此处是泛指，与上文的"将军"是互文。

⑫ 瀚海：沙漠。

⑬ 阑干：纵横的样子。

⑭ 惨淡：昏暗无光。

⑮ 中军：主将。

⑯ 胡琴：泛指西域地区的乐器。

⑰ 羌笛：古代管乐器。

⑱ 辕门：领兵将帅的营门。

⑲ 掣（chè）：拉，扯。

⑳ 翻：飘动。

译文

北风席卷大地吹折了白草，塞北的天空八月就飘降大雪。

仿佛一夜之间春风吹来，树上的梨花争相开放。

雪花飞进珠帘沾湿了帐幕，狐裘不保暖，锦被也显得单薄。

将军的手冻得拉不开弓，都护依旧穿着冰冷的铁甲。

无边沙漠结着厚厚的冰，万里长空凝聚着惨淡愁云。

主将帐中摆酒为友人饯行，胡琴、琵琶、羌笛合奏来助兴。

傍晚营门前大雪落个不停，红旗被冻住，风也无法使其飘动。

轮台东门外欢送你回京去，你离去时大雪铺满了天山路。

山路迂回曲折已不见你的身影，雪地上只留下马蹄印。

作品鉴赏

赏析

这是一首咏边地雪景、寄寓送别之情的诗作。全诗句句咏雪，描绘出一幅塞外奇寒的风景图。

全诗文思开阔，结构缜密，以一天内雪景的变化为线索，共用四个"雪"字，描写了别前、饯别、临别、别后的不同的雪景，记叙了送别归京友人的过程。

全诗可分成三个部分。前八句为第一部分，描写了在早晨看到的奇丽雪景和感受到的突如其来的严寒。前四句主要写景色的奇丽。"即""忽如"等词，形象、准确地表现出作者惊异的心情。经过一夜，大地银装素裹、焕然一新，此时的雪景分外迷人。接着四句写雪后的严寒。作者的视线从帐外逐渐转入帐内，通过描写日常场景与事物来表现寒冷。"不得控""冷犹着"说明尽管铁甲冷得刺骨，将士们仍然全副武装，时刻准备战斗。显然，这里表面写寒冷，实际是用冷来反衬将士内心的热，表现出将士们的乐观精神。

中间四句为第二部分，描绘了白天雪景的雄伟壮阔和饯别宴会的盛况。"瀚海阑干百丈冰，愁云惨淡万里凝"，作者用夸张、反衬的手法，写出下文的宴会场面。第一部分用"冷"来写"热"，而这一部分是用"愁"来写"欢"，表现手法一致。这一部分笔墨虽不多，却表现了送别的热烈与隆重。

最后六句为第三部分，写傍晚送别友人。"纷纷暮雪下辕门，风掣红旗冻不翻"，友人在暮色中迎着纷飞的大雪走出帐幕，而被冻住不能飘扬的红旗矗立在大雪中。这一动一静、一白一红相互映衬，刻画出令人难忘的景象。"山回路转不见君，雪上空留马行处"，这两句平淡质朴的语言传递了将士们对战友的真挚情感。总之，第三部分既描写了对友人依依惜别的深情，也展现了边塞将士豪迈的英雄气概。

学思践悟

请说说"瀚海阑干百丈冰，愁云惨淡万里凝"两句诗在结构或写法上的妙处。

白雪歌送武判官归京

[唐]岑参

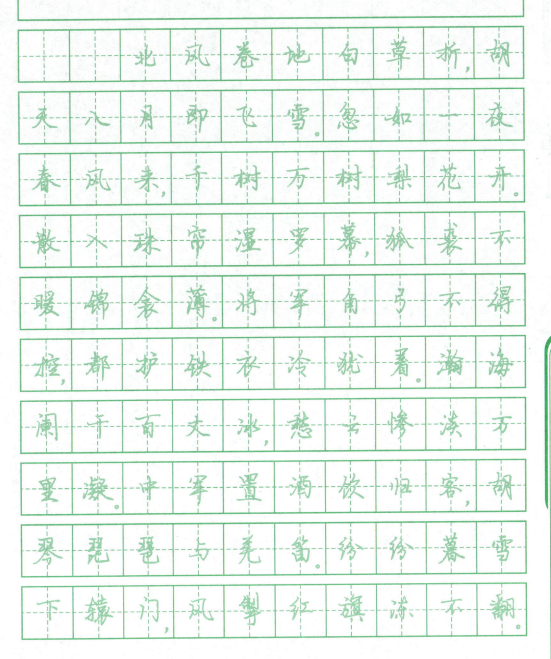

		北	风	卷	地	白	草	折,	胡
天	八	月	即	飞	雪。	忽	如	一	夜
春	风	来,	千	树	万	树	梨	花	开。
散	入	珠	帘	湿	罗	幕,	狐	裘	不
暖	锦	衾	薄。	将	军	角	弓	不	得
控,	都	护	铁	衣	冷	犹	著。	瀚	海
阑	干	百	丈	冰,	愁	云	惨	淡	万
里	凝。	中	军	置	酒	饮	归	客,	胡
琴	琵	琶	与	羌	笛。	纷	纷	暮	雪
下	辕	门,	风	掣	红	旗	冻	不	翻。

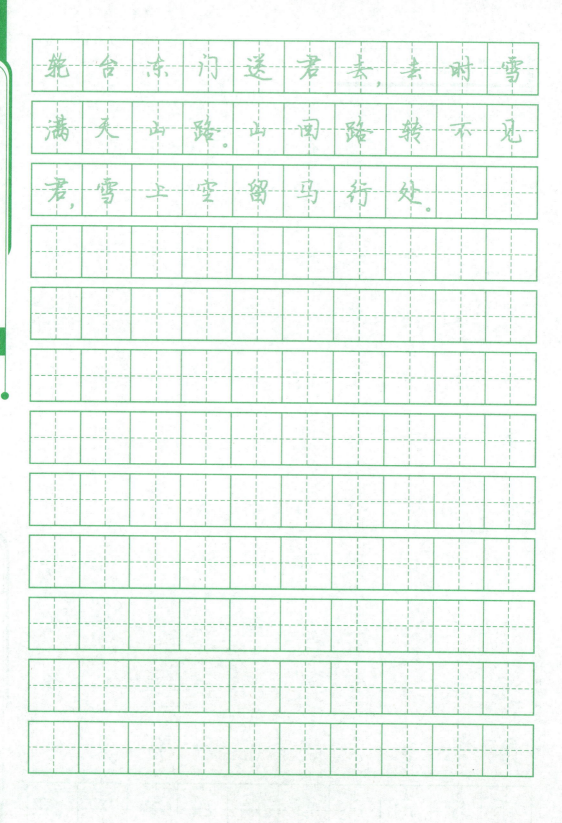

轮台东门送君去，去时雪满天山路。山回路转不见君，雪上空留马行处。

凉州词三首·其一

[唐] 张籍

诵读细酌

《凉州词》是唐代诗人张籍的组诗作品，本诗是其中的第一首。唐德宗时期，安西和凉州边地被吐蕃占据。张籍在本诗中描写了边塞城镇的荒凉萧瑟，表达了他的忧愤之情。

品读指导

边城暮雨雁飞低，芦笋初生渐欲齐。

无数铃声遥过碛①，应驮白练②到安西③。

（选自《唐诗鉴赏辞典》，上海辞书出版社，2013 年）

作者简介

张籍（约 767—约 830），字文昌，苏州（今属江苏）人，唐代诗人。贞元年间进士，历任太常寺太祝、水部员外郎、国子司业等职，故世称"张水部"或"张司业"。在对文学社会作用的认识方面，他的观点与白居易相近。其乐府诗多反映当时的社会矛盾和民生疾苦，也描写妇女的不幸处境。张籍和王建齐名，世称"张王"。有《张司业集》。

注释

① 碛（qì）：戈壁、沙漠。

② 白练：白色的绢。这里泛指丝绸。

③ 安西：唐代六都护府之一。开元六年（718）安西都护府统辖境内龟兹、疏勒等地。贞元六年（790）以后，以辖境尽入吐蕃而废弃。

译文

低飞的雁群在傍晚时分出现在边城，芦笋正在努力生长。

一群骆驼满载着货物伴着驼铃声缓缓前进，往年此时西去的驼队应当还是驮运丝绸经由这条大道远去安西。

赏析

这首诗主要描写了边城的荒凉萧瑟。前两句写作者俯仰之间所见景象。"边城暮雨雁飞低"一句，写作者仰望边城上空，阴雨笼罩，一群大雁低低飞过。此时作者无心观赏边塞的风光，只是借景托情，以哀景暗示边城人民在胡人侵扰下不得安宁的生活。同时，作者又将这暮雨雁飞的景象置于特定的时节里。若是霜秋寒冬，边城阴沉悲凉是正常现象；而这时却是万物争荣的春天。"芦笋初生渐欲齐"一句，写作者俯视边城原野，看到芦笋竞相生长。这句点明了在风和日暖的春天，边城仍然暮雨连绵，凄凉冷清。这两句写景极富特色。作者俯仰所见，在广阔的空间中展现了边城的阴沉；"暮雨""芦笋"上下映照，鲜明地衬托出美好时节里的悲凉景色，具有很强的艺术感染力。

诗的后两句叙事。"无数铃声遥过碛，应驮白练到安西"两句，写作者眺望边城原野，渐渐消失在遥远的沙漠中的驼铃声勾起了他的遥思：在这温暖的春天里，运载丝绸的商队应当是络绎不绝，前往安西；然而，安西被吐蕃占据，丝绸之路早已闭塞。此时，用一"应"字，意味深长，它凝聚了作者的辛酸与心痛，表达了作者盼望收复边镇，恢复往日的繁荣的强烈愿望，并且点明了此诗的主题。

整体看来，诗的第一、二句实写亲眼所见的近景，以荒凉萧瑟的气氛有力地暗示出边城动乱的情况，这是寓虚于实；第三、四句虚写耳闻的远景，从铃声的"遥过"，写到"应驮"安西的遥思，以虚出实。这首绝句既写景又叙事，远景、近景相互交错，虚实相生，带给读者丰富的联想，令人感受到作者对边事的深深的忧愤之情。

学思践悟

请阅读张籍的另外两首《凉州词》，并进行赏析。

边塞军旅篇

133

国学经典之古诗词赏析

134

凉州词三首·其一

[唐]张籍

边城暮雨雁飞低，芦
笋初生渐欲齐。无数铃声
遥过碛，应驮白练到安西。

雁门太守行①

[唐] 李贺

诵读细酌

古代雁门郡占有今山西省西北部。因有感于元和二年（807）藩镇叛乱此起彼伏、战祸不绝的时事，李贺创作了此诗。此诗主要写战士苦战、为国捐躯的英勇事迹。

品读指导

> 黑云压城②城欲摧，甲光③向日④金鳞⑤开⑥。
> 角⑦声满天秋色里，塞上燕脂凝夜紫⑧。
> 半卷红旗临⑨易水⑩，霜重鼓寒声不起⑪。
> 报⑫君黄金台⑬上意，提携玉龙⑭为君死。

（选自《李贺诗歌集注》，上海人民出版社，1977 年）

作者简介

李贺（790—816），字长吉，福昌（今河南宜阳西）人，为唐代宗室大郑王李亮之后。他是中唐时期的浪漫主义诗人，又是中唐到晚唐诗风转变期的代表者，后世称其为"李昌谷"。李贺仕途不顺，热衷于诗歌创作，英年早逝。他所写的诗大多感叹生不逢时和倾诉内心苦闷，抒发对理想和抱负的追求。其诗作想象极为丰富，经常用神话传说来托古寓今，所以后人常称他为"诗鬼"。

注释

① 雁门太守行：乐府曲名。
② 黑云压城：比喻敌军攻城的气势。
③ 甲光：铠甲迎着太阳闪出的光。甲，铠甲。
④ 向日：迎着太阳。向，向着，对着。
⑤ 金鳞：金色的鳞片。
⑥ 开：打开，铺开。
⑦ 角：军中的号角。
⑧ 塞上燕（yān）脂凝夜紫：边塞上将士的血迹在寒夜中凝为紫色。燕脂，即胭脂。凝，凝聚。这里的"燕脂""夜紫"暗指战场血迹。
⑨ 临：临近。
⑩ 易水：河名，发源于今河北易县。战国时期，荆轲作《易水歌》："风萧萧兮易水寒，壮士一去兮不复还。"这里借荆轲的故事以言悲壮之意。

⑪ 霜重鼓寒声不起：天寒霜降，战鼓声沉闷而不响亮。

⑫ 报：报答。

⑬ 黄金台：相传战国时燕昭王在易水东南筑台，在上面放千金来招揽天下贤士。

⑭ 玉龙：宝剑的代称。

译文

敌军人马众多，来势汹汹，犹如黑云翻涌，想要摧毁城墙；我军严阵以待，阳光照耀着铠甲，一片金光闪烁。

秋色里，响亮的军号震天动地；黑夜中，边塞上战士的鲜血凝为紫色。

红旗半卷，援军赶赴易水；夜寒霜重，连战鼓也无法擂响。

只为报答君王恩遇，手携宝剑，视死如归。

作品鉴赏

赏析

《雁门太守行》是李贺的一首脍炙人口的诗篇，其深厚的艺术造诣和爱国情怀使之成为中唐时期的杰出之作。

诗的前四句生动描绘了战争的紧张氛围和守军将士的英勇形象。首句"黑云压城城欲摧"运用比喻和夸张的修辞手法，渲染了敌军兵临城下的危急形势。一个"压"字，将敌军人数众多、来势凶猛的场面展现得淋漓尽致。紧接着，第二句描绘了城内守军的英勇形象，阳光下的战甲闪烁着金光，将士们军容整肃，气宇轩昂，临危不惧。这种强烈的对比，既表现了形势的危急，又突显了我军将士的英雄气概。

第三、四句则从听觉和视觉上进一步渲染了战场上的气氛。"角声满天秋色里"一句，写呜呜角声回荡在满目萧瑟的秋天；而"塞上燕脂凝夜紫"则通过色彩烘托战场上的惨烈景象，鲜血遍染，在夜幕中呈现出暗紫色，为整个画面抹上了浓厚的悲壮色彩。

诗的后四句着重描绘了驰援部队的活动和将士们报国的决心。其中，"半卷红旗临易水"一句，以半卷的红旗象征将士们的决心和勇气，而"临易水"则暗含了荆轲刺秦王的典故。接下来的"霜重鼓寒声不起"一句，描绘了因严寒而擂不响的战鼓，从侧面展现出将士们面对的重重困难。最后，"报君黄金台上意，提携玉龙为君死"两句，是将士们准备拼死一战的誓言，表现出他们报效朝廷的决心。

整首诗在结构上紧凑有序，语言上生动有力，情感上深沉激昂。李贺通过对战争场面的描绘和对英勇将士的赞美，表达了自己对国家命运的关心和对将士们无畏精神的崇敬。

总的来说，《雁门太守行》是一首充满爱国情怀和英雄主义精神的诗篇，具有独特的艺术魅力和深刻的思想内涵。

请阅读李贺的其他诗歌作品，并从中选择自己喜欢的一首进行赏析。

随学随练

雁门太守行

[唐] 李贺

		黑	云	压	城	城	欲	摧	，	甲
光	向	日	金	鳞	开	。	角	声	满	天
秋	色	里	，	塞	上	燕	脂	凝	夜	紫	。
半	卷	红	旗	临	易	水	，	霜	重	鼓
寒	声	不	起	。	报	君	黄	金	台	上
意	，	提	携	玉	龙	为	君	死	。	

边塞军旅篇

137

拓展阅读

白马篇

[三国] 曹植

白马饰金羁，连翩西北驰。借问谁家子？幽并游侠儿。
少小去乡邑，扬声沙漠垂。宿昔秉良弓，楛矢何参差。
控弦破左的，右发摧月支。仰手接飞猱，俯身散马蹄。
狡捷过猴猿，勇剽若豹螭。边城多警急，虏骑数迁移。
羽檄从北来，厉马登高堤。右驱蹈匈奴，左顾陵鲜卑。
寄身锋刃端，性命安可怀。父母且不顾，何言子与妻。
名编壮士籍，不得中顾私。捐躯赴国难，视死忽如归。

塞下曲六首·其一

[唐] 李白

五月天山雪，无花只有寒。
笛中闻折柳，春色未曾看。
晓战随金鼓，宵眠抱玉鞍。
愿将腰下剑，直为斩楼兰。

送李副使赴碛西官军

[唐] 岑参

火山六月应更热，赤亭道口行人绝。
知君惯度祁连城，岂能愁见轮台月。
脱鞍暂入酒家垆，送君万里西击胡。
功名只向马上取，真是英雄一丈夫！

塞下曲·其三

[唐] 卢纶

月黑雁飞高，单于夜遁逃。
欲将轻骑逐，大雪满弓刀。

破阵子·为陈同甫赋壮词以寄之

[南宋] 辛弃疾

醉里挑灯看剑，梦回吹角连营。八百里分麾下炙，五十弦翻塞外声。沙场秋点兵。
马作的卢飞快，弓如霹雳弦惊。了却君王天下事，赢得生前身后名。可怜白发生！

过零丁洋

[南宋] 文天祥

辛苦遭逢起一经，干戈寥落四周星。
山河破碎风飘絮，身世浮沉雨打萍。
惶恐滩头说惶恐，零丁洋里叹零丁。
人生自古谁无死，留取丹心照汗青！

贬谪宦游篇

探渊索珠——壮志难酬

　　纵观中国历史，不难发现，大多数诗人、词人都曾追求仕途或在政坛上活跃过，与政治有着割舍不断的联系。从春秋时的"三不朽"（立德、立功、立言）之说，到儒家"学而优则仕"的入世思想，再到"修身、齐家、治国、平天下"的观念，可以说，中国诗人、词人的政治情怀有着深厚的历史积淀。

　　然而，许多诗人、词人的仕途都比较坎坷。几千年来，有多少文人墨客满腹才气，一腔热血，却报国无门，壮志难酬；又有多少文人身居庙堂，矢志报国，却遭受贬谪，几度浮沉。他们都在诗词中描述过自己宦游异乡或遭受贬谪、流放的经历。一朝被贬，背井离乡，腹中纵有万卷诗书，也无法在朝堂之上为天子谏言献策，一展报国之志；羁旅行役，孤独寂寞，只能在梦中思念故乡的亲人。这部分反映贬谪宦游的诗词作品都透出或深或浅的悲剧色彩。

　　不过，也有一些诗人、词人虽仕途曲折坎坷，波澜起伏，但他们宠辱不惊，愈挫愈坚，正气凛然，豪放洒脱。例如，苏轼在被贬后所作《定风波·莫听穿林打叶声》中有云："竹杖芒鞋轻胜马，谁怕？一蓑烟雨任平生。"再如，欧阳修在宦游途中所作《琅琊山六题·班春亭》有云："野僧不用相迎送，乘兴闲来兴尽归。"这些诗句展现了他们面对挫折时奋发进取的豪情和豁达乐观的情怀。

　　本篇将详细讲述杜甫的《旅夜书怀》、韩愈的《左迁至蓝关示侄孙湘》、刘禹锡的《酬乐天扬州初逢席上见赠》、苏轼的《定风波·莫听穿林打叶声》、陆游的《十一月四日风雨大作》其二这五首诗词作品。让我们跟随这些诗人、词人的脚步，回到当年，体会他们在面对挫折时所抒发的感慨，感受其作品中所寄寓的思想感情。

旅夜书怀①

[唐] 杜甫

诵读细酌

这首诗创作于唐代宗永泰元年（765）。当时，友人严武去世，杜甫在成都失去依靠。于是，他与家人乘舟东下，经渝州（今重庆）、忠州（今重庆忠县）一带时创作了这首诗。

《旅夜书怀》朗读

品读指导

细草微风岸②，危樯③独夜舟。
星垂平野阔④，月涌⑤大江流。
名⑥岂文章著？官应老病休⑦！
飘飘⑧何所似？天地一沙鸥。

（选自《唐诗三百首》，中华书局，2023 年）

注释

① 书怀：书写胸中意绪。
② 岸：江岸边。
③ 危樯：高高的船桅杆。
④ 星垂平野阔：星空低垂，原野显得格外广阔。
⑤ 月涌：月亮像是随水流涌出一样。
⑥ 名：名声。
⑦ 官应老病休：为官生活倒是应该因为年老多病而结束。
⑧ 飘飘：飞翔的样子，这里借"沙鸥"写人的漂泊，含有"飘零"的意思。

译文

微风吹拂着江岸上的细草，那立着高高桅杆的小船在夜里孤独地停泊着。
星星垂在天边，平野显得宽阔；月光随波涌动，大江滚滚东流。
我难道是因为文章而获得名声？倒是因年老病多应该休官了。
自己到处漂泊像什么呢？就像天地间一只孤零零的沙鸥。

作品鉴赏

赏析

诗的前半部分描写的是"旅夜"的情景。第一、二句写近景：微风吹拂着江岸上

贬谪宦游篇

143

的细草，竖着高高桅杆的小船在夜晚孤独地停泊着。当时杜甫正处于凄苦无依之境，因此，这里不是空泛地写景，而是寓情于景，通过写景表现他自身的情况和心境。

第三、四句写远景：星星低垂，平野广阔；月随波涌，大江东流。这两句诗中，"垂""涌"二字生动形象，描写出雄浑广阔的景色；而在这幅图景中，危樯、孤舟更显渺小。这种以乐景写哀情的手法，反衬出他孤独无依的形象和失意伤神的凄怆心情。

诗的后半部分是"书怀"。杜甫回顾自己的生平，发出了"名岂文章著？官应老病休！"的自嘲。他素有远大的政治抱负却没有机会施展，而他竟因诗作而获得声名，这并非他所愿。此外，杜甫之所以休官，不是因为老和病，而是因为受到了排挤。这两句自嘲既表现出他心中的不平，又揭示出政治上的失意是他漂泊、孤寂的根本原因。最后两句"飘飘何所似？天地一沙鸥"，杜甫以沙鸥自况，借景抒情，深刻地表现出他漂泊无依的感伤。

总之，杜甫的这首《旅夜书怀》，意境雄浑，气象万千。全诗将"细草""微风""危樯""沙鸥"等微渺孤独的意象置于广阔的星空、平野之间，这种景物之间的对比，烘托出一个独立于天地之间的飘零形象，使全诗弥漫着深沉凝重的孤独感。而这，正是杜甫身世际遇的写照。

学思践悟

请阅读杜甫的《登岳阳楼》，将其与《旅夜书怀》进行对比，并从所用意象与表达的情感方面，说一说两首诗的异同。

随学随练

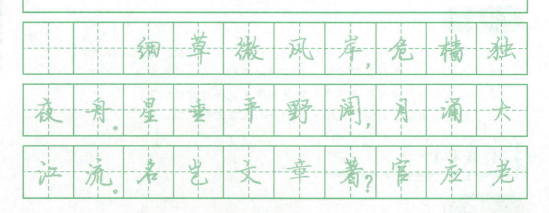

旅夜书怀

[唐] 杜甫

细	草	微	风	岸	，	危	樯	独
夜	舟	。	星	垂	平	野	阔	，	月	涌	大
江	流	。	名	岂	文	章	著	？	官	应	老

病休！飘飘何所似？天地一
沙鸥。

左迁至蓝关示侄孙湘①

[唐] 韩愈

诵读细酌

元和十四年（819）正月，唐宪宗派人迎凤翔法门寺佛骨入宫供奉，韩愈上书劝谏，触怒皇帝，被贬为潮州刺史。这首诗作于被贬途中。潮州在今广东东部，距当时的京师长安路途遥远。韩愈"朝奏"而"夕贬"，内心悲愤，加上路途颠簸，一路的困顿可想而知。当他到达蓝田关（今陕西蓝田东南）时，他的侄孙韩湘赶来送行。韩愈面对亲人，情难自抑，慷慨激昂地写下了这首名篇。请朗诵这首诗，品味诗中的情感。

品读指导

一封②朝奏③九重天④，夕贬潮州路八千⑤。

欲为圣明⑥除弊事⑦，肯⑧将衰朽⑨惜残年⑩！

云横秦岭家何在？雪拥⑪蓝关⑫马不前⑬。

知汝⑭远来应有意⑮，好收吾骨瘴江边⑯。

（选自《韩昌黎诗系年集释》，上海古籍出版社，1984 年）

作者简介

韩愈（768—824），字退之，河南河阳（今河南孟州南）人，唐代杰出的文学家、哲学家。他自谓"郡望昌黎"，世称"韩昌黎"。他与柳宗元同为"古文运动"的倡导者，并称"韩柳"。

注释

① 湘：韩愈的侄孙韩湘。

② 一封：一封奏章，即韩愈的谏书《论佛骨表》。

③ 朝（zhāo）奏：早晨送呈奏章。

④ 九重（chóng）天：古代传说天有九层，第九层最高。这里指朝廷、皇帝。

⑤ 路八千：泛指路途遥远。

⑥ 圣明：皇帝。

⑦ 弊事：有害的事，这里指迎佛骨的事。

⑧ 肯：岂肯。

⑨ 衰朽：衰弱多病。

⑩ 惜残年：顾惜残余的生命。

⑪ 拥：阻塞。

⑫ 蓝关：蓝田关。

⑬ 马不前：马不向前行走。

⑭ 汝（rǔ）：你，指韩湘。

⑮ 应有意：应该有所打算。

⑯ 瘴（zhàng）江边：岭南。潮州在岭南，古时说岭南多瘴气。

译文

早晨我把一封谏书上奏给皇帝，晚上就被贬官到路途遥远的潮州。

想替皇上除去有害的事，哪能因衰老就吝惜残余的生命！

回头望长安，看到的只是浮云隔断的秦岭，家在哪里？立马于蓝田关前，积雪阻塞，连马也踟蹰不前。

我知你远道而来应有所打算，正好在瘴气弥漫的岭南收敛我的尸骨。

作品鉴赏

赏析

本诗首联"一封朝奏九重天，夕贬潮州路八千"，写明作者被贬的原因，即因一封奏章而获罪。"朝""夕"二字凸显时间之短，与"路八千"的遥远距离产生鲜明的对比，揭示出"旦夕祸福"的状态，这种时间与空间的交错不仅表现出作者心理落差之大，还拓展了诗的意境。

颔联"欲为圣明除弊事，肯将衰朽惜残年"，用了"流水对"的形式。这十四字形成一个整体，紧紧承接上文。这两句诗一方面直书作者因忠获罪和非罪远谪的愤慨；另一方面表明其坚定的信念与尽忠的决心，虽然因直言进谏而招来一场弥天大祸，但无怨也无悔。

颈联"云横秦岭家何在？雪拥蓝关马不前"，宕开一笔，借景抒情，悲壮而沉郁。秦岭高峻，云遮雾绕，令作者不知身在何处。"家何在""马不前"六字饱含作者的血泪，家人、故园、朝堂与理想，如今都被阻隔。此时，他为自己伤怀，也为国事伤怀。大雪寒天，景致苍凉，他立马于蓝田关前，内心充满眷恋与悲愤。我们可以从诗句中感受到他那真切的情感，不禁为其人生的艰难坎坷深深叹息。

尾联"知汝远来应有意，好收吾骨瘴江边"，写作者向侄孙交代后事，进一步吐露了凄楚难言的沉痛、悲怆之情。这两句既有义无反顾的态度，也有委屈不甘的悲切，极富艺术感染力。

总之，此诗感情真挚，笔势纵横，风格沉郁顿挫，诗味浓郁，是韩愈七律中的佳作。

学思践悟

"云横秦岭家何在？雪拥蓝关马不前"是千古传唱的名句，请简要分析这两句诗好在哪里。

随学随练

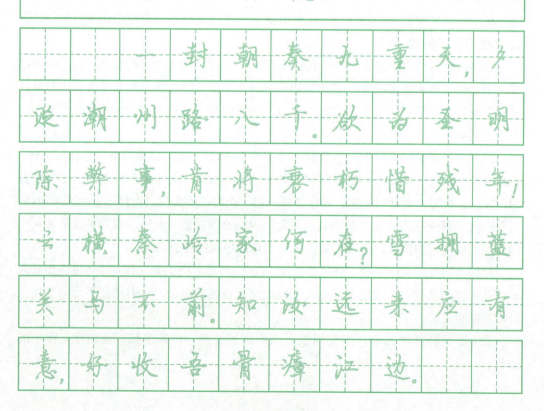

左迁至蓝关示侄孙湘

[唐] 韩愈

		一	封	朝	奏	九	重	天，	夕
贬	潮	州	路	八	千。	欲	为	圣	明
除	弊	事，	肯	将	衰	朽	惜	残	年！
云	横	秦	岭	家	何	在？	雪	拥	蓝
关	马	不	前。	知	汝	远	来	应	有
意，	好	收	吾	骨	瘴	江	边。		

贬谪宦游篇

149

酬乐天扬州初逢席上见赠①

［唐］刘禹锡

诵读细酌

刘禹锡参与王叔文等人的政治改革，失败后被贬到外地做官二十多年。唐敬宗宝历二年（826），刘禹锡在扬州遇到同样被贬的白居易。白居易在宴席上写了《醉赠刘二十八使君》相赠："为我引杯添酒饮，与君把箸击盘歌。诗称国手徒为尔，命压人头不奈何！举眼风光长寂寞，满朝官职独蹉跎。亦知合被才名折，二十三年折太多！"他对刘禹锡屡遭贬谪、怀才不遇的命运寄予深切的同情。于是刘禹锡写了此诗答谢白居易。请朗诵这首诗，品味诗中的情感。

《酬乐天扬州初逢席上见赠》朗读

品读指导

> 巴山楚水②凄凉地，二十三年③弃置身④。
>
> 怀旧空吟闻笛赋⑤，到乡翻似⑥烂柯人⑦。
>
> 沉舟侧畔千帆过，病树前头万木春。
>
> 今日听君歌一曲，暂凭杯酒长精神⑧。
>
> （选自《刘禹锡集》，中华书局，1990 年）

注释

① 见赠：送给我。

② 巴山楚水：刘禹锡曾被贬夔（kuí）州、朗州等地，夔州古属巴郡，朗州属楚地，故称"巴山楚水"。

③ 二十三年：从唐顺宗永贞元年（805）刘禹锡被贬为连州刺史，至宝历二年（826）冬应召，约二十二年。因第二年才能回到洛阳，所以说"二十三年"。

④ 弃置身：遭受贬谪（zhé）的诗人自己。

⑤ 闻笛赋：西晋向秀的《思旧赋》。向秀跟嵇康是好朋友，嵇康被司马氏集团杀害，向秀经过嵇康故居时，听见有人吹笛，不禁悲从中来，于是作了《思旧赋》。

⑥ 翻似：倒好像。翻，副词，反而，反倒。

⑦ 烂柯人：晋人王质。据《述异记》载，王质上山砍柴，看见两个童子下棋，就停下观看。等棋局终了，他才发觉斧子柄已经朽烂。回到村里，他发现已经过了上百年，与自己同时代的人都去世了。柯，斧柄。

⑧ 长（zhǎng）精神：振作精神。长，增长，振作。

在巴山楚水这些凄凉的地方，度过了二十三年贬谪的光阴。

怀念故友徒然吟诵"闻笛赋"，久谪归来感到已非旧时光景。

沉船的旁边正有千帆驶过，病树的前头却是万木争春。

今天听了你为我吟诵的诗篇，暂且借这一杯美酒振奋精神。

作品鉴赏

赏析

这是一首酬答白居易赠诗《醉赠刘二十八使君》的诗，重在抒写当时的心情。诗的开头"巴山楚水凄凉地，二十三年弃置身"与白居易赠诗中"亦知合被才名折，二十三年折太多"相应和，刘禹锡坦然表露自己谪居在"巴山楚水凄凉地"的心境。诗句的一来一往，就像朋友之间推心置腹的交谈。

"怀旧空吟闻笛赋，到乡翻似烂柯人"两句，借用"闻笛赋"和"烂柯人"的典故来抒发感慨。作者感叹很多旧友已经去世，故乡也已人事全非，有恍如隔世之感。这两句诗饱含作者对亡友的怀念之情，也暗示自己的贬谪时间是如此长久，以至于回到故乡后看到巨大的变化，心情十分惆怅。

"沉舟侧畔千帆过，病树前头万木春"两句，是全诗感情升华之句。刘禹锡以"沉舟""病树"自喻，虽略显惆怅，然而，沉舟侧畔，有千帆竞发；病树前头，正万木皆春。这些景象生机勃勃，显示出他在对待窘境时的积极的态度与豁达的胸怀。这两句诗是对白居易赠诗中"举眼风光长寂寞，满朝官职独蹉跎"的回应，刘禹锡用明朗的笔墨一扫"长寂寞""独蹉跎"的悲切之感。此外，这两句诗不仅具有诗情画意的美，还暗含着辩证的哲理，旨趣隽永，因此成为千古传诵的警句。

最后两句"今日听君歌一曲，暂凭杯酒长精神"，顺势而下，点明酬答赠诗的题意，并请白居易举杯痛饮，借以振奋精神。这里充分表达了刘禹锡达观的态度及坚韧不拔的意志。总之，本诗感情真挚，于沉郁中见豪放，是酬答诗中的优秀之作。

学思践悟

在古代，诗人之间经常会以诗唱和。请搜集经典的唱和诗，并从中选择你喜欢的作品进行赏析。

知识链接

在晋代，信安郡（今浙江衢州）有一个叫王质的人。有一天他到石室山伐木，看到几个童子一边下棋，一边唱歌，王质就驻足观看他们下棋。其中一个童子给了王质一个枣核一样的东西，王质含着，并不觉得饿。过了一会儿，童子对王质说："为什么不离开？"王质站起身，却看到斧柄已经烂掉了。等他回到家中，发现乡里已没有和他同一时代的人了。

随学随练

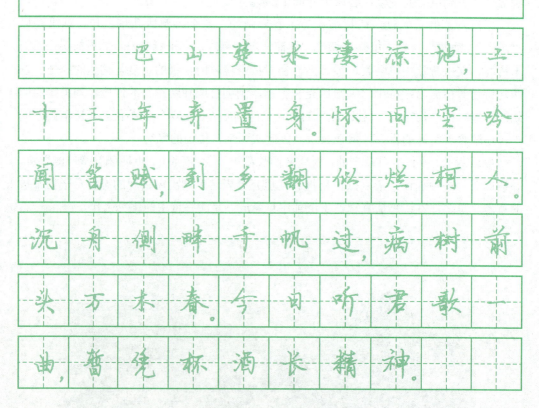

酬乐天扬州初逢席上见赠

[唐] 刘禹锡

巴山楚水凄凉地，二十三年弃置身。怀旧空吟闻笛赋，到乡翻似烂柯人。沉舟侧畔千帆过，病树前头万木春。今日听君歌一曲，暂凭杯酒长精神。

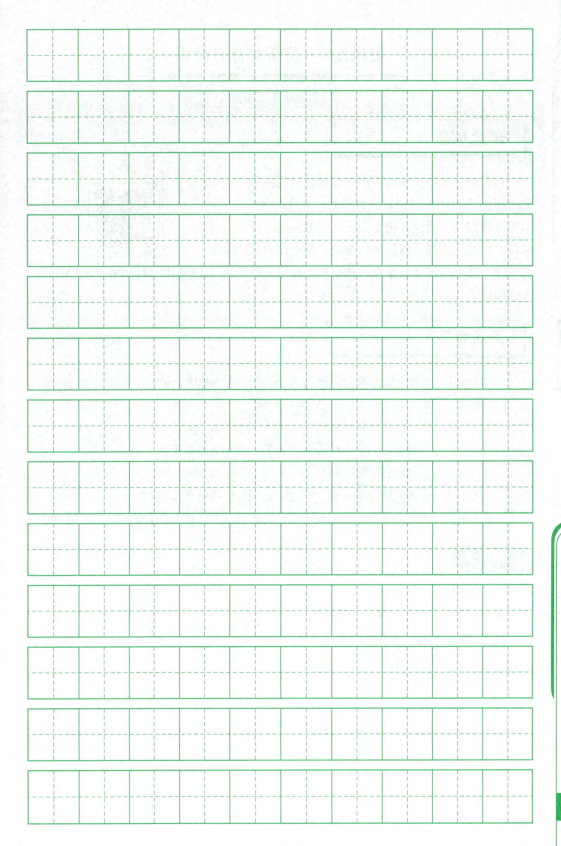

贬谪宦游篇

定风波①·莫听穿林打叶声

[北宋] 苏轼

诵读细酌

这首词作于苏轼被贬黄州（今湖北黄冈）的第三年。当时，他与朋友春日出游，风雨忽至。朋友深感狼狈，而他却毫不在乎，泰然处之，吟咏自若，缓步而行。请扫描二维码，倾听这首词的朗读，体会苏轼豪爽乐观的性格和随缘自适的人生态度。

《定风波·莫听穿林打叶声》朗读

品读指导

三月七日，沙湖②道中遇雨，雨具先去，同行皆狼狈③，余独不觉。已而④遂晴，故作此词。

莫听穿林打叶声，何妨吟啸⑤且徐行。

竹杖芒鞋⑥轻胜马，谁怕？一蓑⑦烟雨任平生。

料峭春风吹酒醒，微冷，山头斜照⑧却相迎。

回首向来⑨萧瑟⑩处，归去，也无风雨也无晴。

（选自《东坡乐府笺》，上海古籍出版社，2009年）

注释

① 定风波：词牌名。

② 沙湖：在黄州东南三十里处。

③ 狼狈：进退皆难的困顿窘迫之状。

④ 已而：随即，不久。

⑤ 吟啸：放声吟咏。

⑥ 芒鞋：草鞋。

⑦ 一蓑（suō）：一身。蓑，蓑衣，用草或棕制成的雨衣。

⑧ 斜照：偏西的阳光。

⑨ 向来：方才。

⑩ 萧瑟：风雨声。

译文

　　三月七日，在沙湖途中赶上了下雨，拿着雨具的仆人先前离开了，同行的人都觉得很狼狈，只有我不这么觉得。不久天晴了，就作了这首词。

　　不用听那穿林打叶的雨声，不妨一边吟咏长啸，一边悠然地行走。

　　拄竹杖，曳草鞋，轻便胜过骑马，这都是小事情又有什么可怕？一身蓑衣任凭风吹雨打，就这样度过我的一生。

　　春风微凉，将我的酒意吹醒，身上略微感到一些寒冷，此时斜阳已在山头遥遥相迎。

　　回头望一眼来时遇到风雨的地方，我自从容归去，无所谓风雨，也无所谓晴。

赏析

　　苏轼通过写郊外途中遇到风雨这件寻常小事，用朴实无华却意蕴深邃的语言道出自己对人生的思考与感悟，读来令人为之一振，心胸也变得舒阔。

　　首句"莫听穿林打叶声"，一方面从侧面写出雨骤风狂的景象；另一方面又以"莫听"二字点明不要去在意"穿林打叶声"这些外物，不用去关心雨大不大。"何妨吟啸且徐行"承接前一句，写自己在雨中吟咏长啸，漫步徐行，淡定轻松，与序中的"同行皆狼狈，余独不觉"相呼应。这两句词是整首词的基础，之后的词句都由此生发。

　　"竹杖芒鞋轻胜马，谁怕？一蓑烟雨任平生"三句写明苏轼的人生态度。他拄着竹杖，穿着草鞋，在雨中从容前行，觉得比骑马还要轻快；"谁怕？"即谁会怕路上的这些风雨呢？眼前的风雨令苏轼想到自己的人生，"一蓑烟雨任平生"即有一身蓑衣就可以在烟雨中走完一生的道路。在面对人生中的坎坷时，他展现出旷达超逸的胸襟，以及达观潇洒、笑傲人生的生活态度。

　　"料峭春风吹酒醒，微冷，山头斜照却相迎"三句，写雨过天晴的景象，既描绘出苏轼的真实感受，又表现出他乐观积极的态度；既与上片所写的风雨相呼应，又为下文抒发人生感慨做铺垫。

　　结尾"回首向来萧瑟处，归去，也无风雨也无晴"是饱含人生哲理的点睛之笔，道出了苏轼在大自然微妙的一瞬中所获得的顿悟和启示：正如自然界中的风雨、雨过天晴是寻常现象一样，社会中的风云变幻、人生中的荣辱得失也不足挂齿。"风雨"二字，一语双关，既指途中所遇风雨，又暗指他所经历的政治"风雨"和人生坎坷。"也无风雨也无晴"是一种超然的态度，无论是之前的"风雨"，还是现在的"雨过天晴"，都化为一种内心的平静，于己心无所挂碍。

贬谪宦游篇

155

 学思践悟

请结合这首词，简要分析苏轼是如何以曲笔直抒胸臆的。

随学随练

定风波·莫听穿林打叶声

[北宋] 苏轼

		壬	月	七	日,	沙	湖	道	中
遇	雨,	雨	具	先	去,	同	行	皆	狼
狈,	余	独	不	觉。	已	而	遂	晴,	故
作	此	词。							
		莫	听	穿	林	打	叶	声,	何
妨	吟	啸	且	徐	行。	竹	杖	芒	鞋

国学经典之古诗词赏析

156

轻胜马，谁怕？一蓑烟雨任
平生。料峭春风吹酒醒，微
冷，山头斜照却相迎。回首
向来萧瑟处，归去，也无风
雨也无晴。

贬谪宦游篇

十一月四日风雨大作·其二

[南宋] 陆游

诵读细酌

陆游心怀国家，投身军旅，一心收复失地，却处处受到当权派的排挤，最终被罢官，只能归隐。壮志难酬之际，他目睹了南宋王朝遭受强敌入侵、政权摇摇欲坠的处境，只能将满腔爱国热忱和悲愤之情化为豪壮诗句。请朗诵这首诗，品味诗中的情感。

品读指导

僵卧①孤村②不自哀③，尚思④为国戍轮台⑤。
夜阑⑥卧听风吹雨⑦，铁马⑧冰河⑨入梦来。

（选自《剑南诗稿校注》，上海古籍出版社，1985年）

注释

① 僵卧：躺卧不起，形容老病。
② 孤村：孤寂荒凉的村庄。
③ 不自哀：不为自己哀伤。
④ 思：想着，想到。
⑤ 戍（shù）轮台：戍守边关。戍，守卫。轮台，古地名，汉代曾在这里驻兵屯守。这里代指边关。
⑥ 夜阑（lán）：夜将尽。
⑦ 风吹雨：风雨交加，和题目中"风雨大作"相呼应；当时南宋王朝处于风雨飘摇之中，"风吹雨"也是时局写照，所以陆游直到深夜尚难成眠。
⑧ 铁马：披着铁甲的战马。
⑨ 冰河：泛指北方冰冻的河流。

译文

我在孤寂荒凉的乡村里卧床不起，没有为自己的处境而感到悲衰，心中还想着为国家戍守边关。
夜将尽了，我躺在床上听到那风雨的声音，迷迷糊糊地梦见自己骑着披着铁甲的战马，跨过冰封的河流征战沙场。

作品鉴赏

赏析

报效国家、收复失地是陆游一生的梦想，也是其一生的诗歌创作主题。他具有强烈的爱国热情，即使晚年归隐乡村，其收复中原失地的信念也始终不渝。

诗的开头两句，意思紧密相关。"僵卧孤村不自哀"叙述了作者的现实处境和精神状态，"尚思为国戍轮台"是对"不自哀"这种精神状态的解释。首句中的"僵、卧、孤、村"四字写出了作者归隐回乡后凄凉、窘迫的生活现状："僵"字与"卧"字表明他的年迈多病；"孤"字与"村"字表现他生活上的孤苦。然而，作者完全不介意这种处境，他真正想要表达的是后面的"不自哀"。"老骥伏枥，志在千里"，年迈的他仍满腔热血，怀有"为国戍轮台"的壮志，因此并不感到悲哀。这两句诗是陆游灵魂和人格的最好注释。当时，山河破碎，国难当头，自有"肉食者谋之"；而他年迈多病，又是因为"喜论恢复"、热心抗敌才屡受打击，最后被罢官。在这种情况下，作者仍旧想要"为国戍轮台"，这种爱国的热忱不禁让人肃然起敬。

"夜阑卧听风吹雨"紧承前面两句诗。作者因"思"而不能成眠，又因听到外面的风雨声，自然地联想到风雨飘摇的国家、风云变幻的战场与往昔的军旅生活。这样听着、想着，辗转反侧，他进入了梦境——"铁马冰河入梦来"。这句诗场面恢宏，气势雄壮，却反映了可悲的现实：作者有心报国，却因遭到排挤而无法为国杀敌，只能在梦境中奔赴战场，弥补遗憾。"铁马冰河入梦来"是作者日思夜想的结果，淋漓尽致地表现了他终生不渝的北定中原之志和豪迈的英雄气概。

学思践悟

请阅读陆游的另一首《十一月四日风雨大作》，并分析其中所体现的作者的思想感情。

贬谪宦游篇

国学经典之古诗词赏析

十一月四日风雨大作·其二

[南宋] 陆游

僵卧孤村不自哀，尚思为国戍轮台。夜阑卧听风吹雨，铁马冰河入梦来。

拓展阅读

别弟缙后登青龙寺望蓝田山

[唐] 王维

陌上新别离，苍茫四郊晦。
登高不见君，故山复云外。
远树蔽行人，长天隐秋塞。
心悲宦游子，何处飞征盖。

送李少府贬峡中王少府贬长沙

[唐] 高适

嗟君此别意何如，驻马衔杯问谪居。
巫峡啼猿数行泪，衡阳归雁几封书。
青枫江上秋帆远，白帝城边古木疏。
圣代即今多雨露，暂时分手莫踌躇。

登郢州白雪楼

[唐] 白居易

白雪楼中一望乡，
青山簇簇水茫茫。
朝来渡口逢京使，
说道烟尘近洛阳。

定风波·伫立长堤

[北宋] 柳永

伫立长堤，淡荡晚风起。骤雨歇、极目萧疏，塞柳万株，掩映箭波千里。走舟车向此，人人奔名竞利。念荡子、终日驱驱，争觉乡关转迢递。

何意。绣阁轻抛，锦字难逢，等闲度岁。奈泛泛旅迹，厌厌病绪，迩来谙尽，宦游滋味。此情怀、纵写香笺，凭谁与寄？算孟光、争得知我，继日添憔悴。

贬谪宦游篇

161

晚泊岳阳

[北宋] 欧阳修

卧闻岳阳城里钟，系舟岳阳城下树。
正见空江明月来，云水苍茫失江路。
夜深江月弄清辉，水上人歌月下归；
一阕声长听不尽，轻舟短楫去如飞。

西江月·世事一场大梦

[北宋] 苏轼

世事一场大梦，人生几度秋凉。夜来风叶已鸣廊。看取眉头鬓上。
酒贱常愁客少，月明多被云妨。中秋谁与共孤光。把盏凄然北望。

十二月十九日夜中发鄂渚，晓泊汉阳，亲旧携酒追送，聊为短句

[北宋] 黄庭坚

接淅报官府，敢违王事程。
宵征江夏县，睡起汉阳城。
邻里烦追送，杯盘泻浊清。
祗应瘴乡老，难答故人情！

霜天晓角·旅兴

[南宋] 辛弃疾

吴头楚尾，一棹人千里。休说旧愁新恨，长亭树，今如此！
宦游吾倦矣，玉人留我醉：明日落花寒食，得且住，为佳耳。

人生哲理篇

探渊索珠——情文并茂

　　人生哲理诗由来已久，其最早可追溯到先秦时期的《诗经》和《楚辞》。《诗经·卫风·氓》中有"于嗟鸠兮，无食桑葚。于嗟女兮，无与士耽"，《楚辞·天问》中有"遂古之初，谁传道之？上下未形，何由考之？"，这些诗句运用了比喻、象征等手法阐述哲理。到了魏晋时期，哲理诗得到进一步发展。这一时期最具代表性的哲理诗是陶渊明的《饮酒》，其中广为流传的"采菊东篱下，悠然见南山"，将"趣味"引入哲理诗中。在两宋时期，哲理诗达到巅峰。这一时期具有代表性的诗句有王安石的"青山缭绕疑无路，忽见千帆隐映来"（《江上》）、陆游的"山重水复疑无路，柳暗花明又一村"（《游山西村》）等，这些诗句完美地融合了"哲理"与"趣味"。

　　诗有"理趣"，就是诗中之理通过物象表达出来，事理与物象高度契合，使读者通过物象直观地感知、理解诗中的义理。哲理中有趣味，趣味中含哲理，是哲理诗的特点。也就是说，在哲理诗中，作者将自己的情感、理想等与哲理融合在一起，通过描写、议论、抒情等方式表现出来，给人以品味不尽的意趣和美感，并引人思索、给人启发。

　　例如，苏轼的"横看成岭侧成峰，远近高低各不同。不识庐山真面目，只缘身在此山中"（《题西林壁》），先描述了从横、侧、高、低等不同角度看山，会有不同的直观感受，然后引出"当局者迷，旁观者清"的人生哲理。又如，杨万里的"正入万山圈子里，一山放出一山拦"（《过松源，晨炊漆公店》），表面上是写山区行路的艰难，实际上暗含"人生在世岂无难？人生就是不断克服困难的过程"的人生哲理。阅读哲理诗，不仅能给人带来阅读诗歌的愉悦，还能引发人们对人生与社会的思考，激励人们满怀希望地面对困难与挫折。

　　本篇将详细介绍陶渊明的《饮酒》其五、陆游的《游山西村》、朱熹的《观书有感二首》其一、叶绍翁的《游园不值》、龚自珍的《己亥杂诗》其五这五首诗。让我们一起诵读、细细品味，感受哲理诗的魅力，领悟人生的智慧。

饮酒·其五

[东晋] 陶渊明

诵读细酌

《饮酒》是陶渊明弃官归隐后陆续写成的一组五言古诗。这组诗大多直抒胸臆，挥洒真情。这组诗共 20 首，本文选取的是第 5 首，讲述了陶渊明如何从大自然中悟出人生的意义，获得怡然自得的心境。请朗诵这首诗，品味诗中的情感。

《饮酒》其五 朗读

品读指导

> 结庐①在人境，而无车马喧②。
>
> 问君③何能尔④？心远地自偏。
>
> 采菊东篱下，悠然⑤见⑥南山⑦。
>
> 山气日夕⑧佳，飞鸟相与⑨还⑩。
>
> 此中有真意，欲辨已忘言。

（选自《陶渊明集》，中华书局，1979 年）

注释

① 结庐：建造房屋，这里是居住的意思。

② 车马喧：车马往来的喧闹声，这里指世俗交往的喧扰。

③ 君：陶渊明自己。

④ 何能尔：为什么能这样。尔，如此，这样。

⑤ 悠然：闲适自得的样子。

⑥ 见：看见，动词。

⑦ 南山：泛指山峰，一说指庐山。

⑧ 日夕：傍晚。

⑨ 相与：结伴。

⑩ 还：归。

译文

居住在人世间，却没有车马的喧嚣。

问我为何能如此，只要心志高远，自然就会觉得所处之地僻静了。

在东篱之下采摘菊花，悠然间，那远处的南山映入眼帘。

山间雾气与傍晚的景色十分美好，有飞鸟结着伴儿归来。

这里面蕴含着人生的真正意义，想要分辨清楚，却忘了怎样用语言去表达。

作品鉴赏

赏析

这首诗是历来为人称道的名篇，描写了陶渊明归隐田园后闲适自得的心境，表现出一种远离尘嚣、融入自然的理趣。这首诗可分为两层：前四句为第一层，写作者摆脱世俗烦恼后的感受；后六句为第二层，写南山的美好景色和作者从中获得的无限乐趣，表现了作者对大自然的热爱，以及他淡泊明志、志趣高洁的人格。

首句"结庐在人境，而无车马喧"说作者自己虽然居住在人世间，但并无世俗烦扰。那为何身处"人境"却没有"车马喧"的烦恼呢？因为"心远地自偏"。也就是说，只要内心能真正地摆脱世俗的束缚，那么即使处于喧闹的环境里，也如同居于僻静之地。陶渊明早年满怀建功立业的理想，为了实现匡时济世的抱负曾几度出仕。然而，他看到了"真风告逝，大伪斯兴"（《感士不遇赋》），官场险恶，世俗伪诈污浊，整个社会腐败黑暗，于是，他选择了洁身自好、守道固穷的道路，最终隐居田园。这首诗的前四句就是写他在精神上摆脱了世俗环境的干扰之后所产生的感受。所谓"心远"，即心不念名利之场，情不系权贵之门，绝进弃世，超尘脱俗。此四句托意高妙，寄情深远。

"采菊东篱下，悠然见南山"两句，历来为人们所激赏。其中，"悠然"一词写出了陶渊明恬淡闲适、对生活无所求的心境；"采菊"表达了他超脱尘世、热爱自然的情趣；"见"字非常精妙，将陶渊明在采菊时，抬头无意间看见南山的情景生动地描写了出来。这两句诗情景交融，表现出一种物我两忘、天人合一、空灵隐逸的境界。

"山气日夕佳，飞鸟相与还"两句描写了美好的南山之景：日暮的山间雾气浮绕于峰际；成群的鸟儿结伴而飞，归向山林。在陶渊明的诗文中，读者常可以看到表现大自然景色的句子，如"云无心以出岫，鸟倦飞而知还"（《归去来兮辞》），"卉木繁荣，和风清穆"（《劝农》），等等。大自然无意志、无目的、无外求，因此，这些景色显得平静而充实。这两句诗表面上是写景，实际上是抒情悟理。作者在此寄托了自己与山林为伴的情怀，同时也规劝他人回归自然，追求与自然的和谐统一。

"此中有真意，欲辨已忘言"两句，写作者从眼前景象中领悟到人生的真谛，表露其纯洁、自然的恬淡心境。诗里的"此中"，我们可以理解为此时此地（秋夕篱边），也可理解为田园生活。"忘言"，通俗地说，就是不知道怎样用语言来表达。恬美安闲的田园生活才是作者真正的人生，而这种人生的乐趣，只能意会，不可言传，也无须叙说。这充分体现了陶渊明安贫乐道、励志守节的高尚品德。

此外，这首诗颇具理趣。诗中"心远地自偏"一句，表明"心"与"地"的关系（主观精神与客观环境之间的关系），即"地"的"喧"与"偏"，都取决于"心"。换句话说，隐士高人不必隐居深山而远离人世间，心不滞于名利自可免除尘俗的干扰。诗中"采菊东篱下，悠然见南山"一句，表现出瞬间的感受可以带来无限的愉悦。陶渊明偶然抬头，心与山悠然相会，自身仿佛与山融为一体。日夕之山气、相与之归鸟等景物，仿佛不在外界而在心中。

总之，这首诗语言平淡而旨远意深，非常值得反复咀嚼与品味。

关于陶渊明《饮酒》其五，苏轼这样评述："因采菊而见山，境与意会，此句最有妙处。近岁俗本皆作'望南山'，则此一篇神气都索然矣。"说说你对苏轼这段话的理解。

随学随练

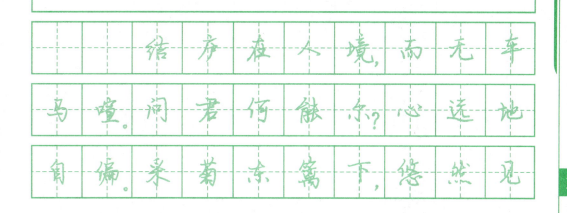

饮酒·其五

[东晋] 陶渊明

结庐在人境，而无车马喧。问君何能尔？心远地自偏。采菊东篱下，悠然见

167

南山。山气日夕佳，飞鸟相
与还。此中有真意，欲辨已
忘言。

游山西村

[南宋] 陆游

诵读细酌

"山重水复""柳暗花明"这两个人们耳熟能详的成语出自陆游的《游山西村》。在这首诗中，有一座座连绵的山、一条条交错的河、密密层层的柳、绚丽娇艳的花，还有几间若隐若现的农舍……请朗诵这首诗，感受村庄的美丽风光。

《游山西村》朗读

品读指导

> 莫笑农家腊酒①浑，丰年留客足鸡豚②。
> 山重水复③疑无路，柳暗花明④又一村。
> 箫鼓⑤追随春社⑥近，衣冠简朴古风存⑦。
> 从今若许⑧闲乘月⑨，拄杖无时⑩夜叩门。

（选自《陆游诗选》，人民文学出版社，2021年）

注释

① 腊酒：腊月里酿造的酒。
② 足鸡豚：意思是准备了丰盛的菜肴。足，足够，充足。豚，小猪，这里指猪肉。
③ 山重水复：山峦重叠，河流盘曲。
④ 柳暗花明：柳树成荫，繁花鲜艳。
⑤ 箫鼓：吹箫打鼓。
⑥ 春社：古代把立春后第五个戊日作为春社日，拜祭社神（土地神），祈求丰收。
⑦ 古风存：保留着淳朴的古老风俗。
⑧ 若许：如果允许。
⑨ 闲乘月：趁着月明来闲游。
⑩ 无时：没有固定的时间，即随时。

译文

不要笑农家腊月里酿的酒浑浊，他们在丰收年景里招待客人的菜肴非常丰富。

山峦重叠，水流曲折，正担心无路可走；柳绿花艳，眼前忽然又出现一个山村。

吹着箫、打起鼓，春社的日子已经接近；村民们衣冠简朴，古老风俗仍然保存。

今后如果允许我趁着大好月色再来你们村子闲游的话，我一定拄着拐杖随时来敲你的家门。

作品鉴赏

赏析

这是一首记游抒情诗，是陆游的名篇之一。首联"莫笑农家腊酒浑，丰年留客足鸡豚"渲染出丰收之年农村一片欢悦的气氛。"莫笑"二字，道出作者对农村淳朴民风的赞赏；一个"足"字，表现出农家款待客人的盛情。

颔联"山重水复疑无路，柳暗花明又一村"写山间水畔的景色，语言既简朴又精巧，蕴含哲理。这两句诗读来仿佛可以看到作者在青翠可掬的山峦间漫步，清碧的山泉汩汩穿行，草木愈见浓茂，蜿蜒的山径也愈发依稀难认；正在迷惘之际，突然看见前面柳暗花明，几间农家茅舍出现于花木扶疏之间，令人豁然开朗。

颈联"箫鼓追随春社近，衣冠简朴古风存"由自然风光转而描写民俗民风，呈现出一幅质朴的农村风俗画。农家祭社祈年，满怀对丰收的期待。陆游在这里更以"衣冠简朴古风存"赞美这个古老的乡土风俗，显示出他对农民的热爱。

前三联融情于景，表达了作者对乡村生活的热爱。然而，他似乎意犹未尽，因此笔锋一转写道："从今若许闲乘月，拄杖无时夜叩门。"作者希望，从今而后，能不时拄杖乘月，轻叩柴扉，与老农亲切絮语。尾联的感叹是在回应首联中农家的盛情款待，表现出作者对农家与农村的一片深情。

总之，这首诗感情真挚，描写生动，语言明白晓畅，富有艺术魅力。

学思践悟

"山重水复疑无路，柳暗花明又一村。"不论前路多么难行难辨，只要坚定信念、勇于开拓，那么，人生就会是充满光明与希望的。请问你在学习或生活中有过这样的体会吗？

游山西村

[南宋] 陆游

莫笑农家腊酒浑，丰
年留客足鸡豚。山重水复
疑无路，柳暗花明又一村。
箫鼓追随春社近，衣冠简
朴古风存。从今若许闲乘
月，拄杖无时夜叩门。

观书有感二首·其一

［南宋］朱熹

诵读细酌

据传，宋淳熙三年（1176），朱熹和门人滕璘回婺源游玩，见幽静的山边有一泓池水，仿佛在梦中曾经来过。得知这是"朱绯塘"后，朱熹高兴地说："朱绯！难怪，我和你早已神交。"于是在这里建亭，并书"草堂"二字。婺源县令请朱熹为藏书阁作记，朱熹参观书阁时，想起朱绯塘，便写下著名的诗篇《观书有感》。请朗诵这首诗，体会诗句中蕴含的深刻哲理。

品读指导

半亩方塘①一鉴②开，天光云影共徘徊③。

问渠④那得⑤清如许⑥，为⑦有源头活水来。

（选自《千家诗》，人民文学出版社，2021 年）

作者简介

朱熹（1130—1200），字元晦，一字仲晦，号晦庵，别称紫阳。谥号文，又称"朱文公"。祖居徽州婺源（今属江西），出生于南剑州尤溪（今属福建）。南宋著名的理学家、教育家，世称"朱子"。有《四书章句集注》《周易本义》《诗集传》《楚辞集注》等传世。

注释

① 方塘：又称"半亩塘"，在福建尤溪郑义斋故宅（后为南溪书院）内。朱熹父亲朱松与郑交好，曾有《蝶恋花·醉宿郑氏阁》词云："清晓方塘开一镜。落絮飞花，肯向春风定。"

② 鉴：镜子。

③ 天光云影共徘徊：天空中的光和云的影子映在塘水之中，不停晃动，犹如人在来回移动。

④ 渠：它，这里指方塘之水。

⑤ 那得：怎么会。那，通"哪"，"怎么"的意思。

⑥ 清如许：这样清澈。

⑦ 为：由于。

译文

半亩大的方形池塘如同一面镜子，水面上荡漾着天空的光彩和浮云的影子。这池塘的水为何这样清澈呢？那是因为有活水不断从源头流过来啊。

作品鉴赏

赏析

这是一首抒发读书体会的哲理诗。"半亩方塘一鉴开，天光云影共徘徊"十分生动地描绘了眼前的景物——清澈的方塘。如镜的水面上，天光与云影彼此相映，呈现出"共徘徊"的美妙景象，给人一种宁静的感觉。

"问渠那得清如许，为有源头活水来"，作者进一步提出了一个问题：那口方塘怎么这样清澈呢？然后他给出了答案：那是因为有永不枯竭的源头，源源不断地给它输送活水，所以它永不枯竭、永不陈腐、永不污浊。这两句诗蕴含着深刻的哲学道理，即人想要心灵澄明，就需要认真读书，时时补充新知识。

总之，这首诗以实写虚，化无形为有形，巧借眼前景物，寄寓着深刻道理。

学思践悟

请阅读朱熹的另一首《观书有感》，并进行赏析。

随学随练

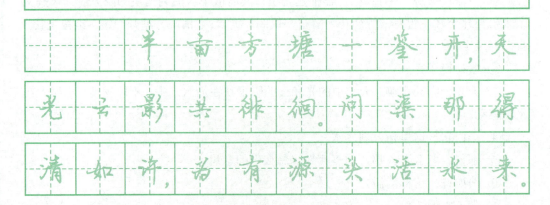

观书有感二首·其一

[南宋] 朱熹

半亩方塘一鉴开，天光云影共徘徊。问渠那得清如许，为有源头活水来。

游园不值①

[南宋] 叶绍翁

诵读细酌

《游园不值》这首诗清丽而带有理趣，其中的"春色满园关不住，一枝红杏出墙来"更是妇孺皆知的名句。请朗诵这首诗，并思考诗的题目是什么意思。

品读指导

应怜②屐齿③印苍苔，小扣④柴扉⑤久不开。

春色满园关不住，一枝红杏出墙来。

（选自《千家诗》，人民文学出版社，2021 年）

作者简介

叶绍翁（1194—？），原姓李，后嗣于龙泉（今属浙江）叶氏。字嗣宗，号靖逸，浦城（今属福建）人，南宋诗人。他曾入朝为官，后隐居西湖。其诗以七言绝句最佳，善写景状物，如《游园不值》，构思精巧，历来为人们所传诵。叶绍翁著有《四朝闻见录》五卷，杂叙宋高宗、孝宗、光宗、宁宗四朝逸事，可补正史之缺。另有宋人辑本《靖逸小集》。

注释

① 不值：未见主人。

② 应怜：大概是感到怜惜吧。应，大概，表示猜测。怜，怜惜。

③ 屐（jī）齿：木屐底下突出的部分。屐，木鞋。

④ 小扣：轻轻地敲。

⑤ 柴扉：用木柴、树枝编成的门。

译文

也许是园主担心我的木屐踩坏青苔，我轻轻地敲柴门，久久没有人来开。

可是这满园的春色是关不住的，有一枝红色的杏花伸出墙头来。

作品鉴赏

赏析

这首小诗写作者春日在一园外的所见所感，情景交融，写得细腻生动又富有理趣，妙趣横生又韵味无穷。

前两句"应怜屐齿印苍苔，小扣柴扉久不开"，交代作者偶遇一园，但园门紧闭，无法观赏园内的春色。这两句写得幽默风趣，作者猜测大概是园主人爱惜园内的青苔，怕人们的屐齿在上面留下践踏的痕迹，所以园门久叩不开。将主人不在家，故意说成主人有意拒客，这是为了给下面的诗句做铺垫。由于有了"应怜屐齿印苍苔"的设想，才引出后两句更新奇的想象：虽然主人紧闭园门，好像要把春色关在园内独赏，但"春色满园关不住，一枝红杏出墙来"。这后两句诗形象鲜明，构思奇特，抓住了春

景的特点，将"春色"和"红杏"拟人化，不仅景中含情，而且景中寓理，引起了读者的联想，使他们受到启示："春色"是关不住的，"红杏"必然要"出墙来"宣告春天的来临。同样，一切新生的美好的事物也是封锁不住、禁锢不了的，它必能冲破束缚，蓬勃发展。

作者游赏受阻，心情由失望到惊喜，这可以看作一种精神上的奇遇。也由此，诞生了一首记录无法成游却胜于成游的别具一格的记游诗。

学思践悟

叶绍翁善于在诗歌中描写生活中的细节，如《游园不值》《夜书所见》等。请阅读《夜书所见》，进一步体会叶绍翁诗歌的风格。

知识链接

钱钟书曾对《游园不值》做过评价。"这是古今传诵的诗，其实脱胎于陆游《剑南诗稿》卷十八《马上作》：'平桥小陌雨初收，淡日穿云翠霭浮。杨柳不遮春色断，一枝红杏出墙头。'不过第三句写得比陆游的新警。《南宋群贤小集》第十册有另一位'江湖派'诗人张良臣的《雪窗小集》，里面的《偶题》说：'谁家池馆静萧萧，斜倚朱门不敢敲。一段好春藏不尽，粉墙斜露杏花梢。'第三句有闲字填衬，也不及叶绍翁的来得具体。这种景色，唐人也曾描写，如温庭筠《杏花》：'杳杳艳歌春日午，出墙何处隔

朱门。'吴融《途中见杏花》：'一枝红杏出墙头，墙外行人正独愁。'又《杏花》：'独照影时临水畔，最含情处出墙头。'但或则和其他的情景掺杂排列，或则没有安放在一篇中留下印象最深的地位，都不及宋人写得这样醒豁。"

随学随练

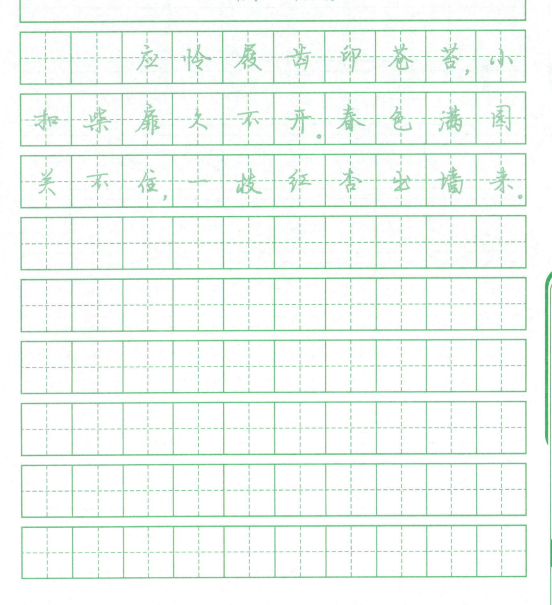

游园不值

[南宋] 叶绍翁

应怜屐齿印苍苔，小
扣柴扉久不开。春色满园
关不住，一枝红杏出墙来。

人生哲理篇

己亥杂诗·其五

[清] 龚自珍

诵读细酌

诗题中的"己亥"是指己亥年，即清代道光十九年（1839）。当时，清王朝走向衰亡，清政府无能腐败，对外卑躬屈膝，对内大肆打压，官吏贪污腐败，百姓苦不堪言。这一年力主改革时弊的龚自珍愤然辞官南下，将所见所闻、所思所想记录在了组诗《己亥杂诗》中。这组诗共315首，本文选取的是其中的第五首，请扫描二维码，聆听朗诵，体会本诗的韵味。

《己亥杂诗》其五 朗读

品读指导

浩荡①离愁白日斜②，吟鞭③东指④即天涯⑤。
落红⑥不是无情物，化作春泥更护花。

（选自《龚自珍选集》，人民文学出版社，2020年）

作者简介

龚自珍（1792—1841），字璱（sè）人，号定盦（ān），浙江仁和（今杭州）人，道光年间进士，清代思想家、文学家。他为学务求博览，是提倡"通经致用"的今文经学派重要人物。他主张革除弊政，抵制外国侵略；提倡"更法""改图"，批评清王朝的腐朽，洋溢爱国热情，对后来的思想界有相当的影响。有《定盦文集》等，今人辑为《龚自珍全集》。

注释

① 浩荡：弥漫无际的样子。
② 白日斜：夕阳西下的黄昏时分。
③ 吟鞭：一边策马行进，一边吟诗，所以说"吟鞭"。
④ 东指：出城门向东。
⑤ 天涯：原意是天边，这里指远离京城的地方。
⑥ 落红：落花。龚自珍常以落花自喻。

译文

弥漫无际的离愁别绪向着日落西斜的远处延伸。离开京城，马鞭向东一挥，前面便是远离京城的海角天涯了。

我辞官归乡，犹如从枝头上掉下来的落花。然而，落花不是无情之物，而是化成春天的泥土去呵护来年的花朵。

作品鉴赏

赏析

这首诗写于作者辞官南归、离开京城之时。开头的"浩荡"一词，除了体现愁绪之浓，还蕴含着对当时社会的不满、对当政者的愤慨、对人民生活的担忧等各种复杂的思想感情。

"浩荡离愁白日斜"一句，写离愁别绪已经充塞天地、弥漫无际，再加上夕阳西下的情景给苍茫大地笼罩上一层凄凉的色调，作者此时的心绪可想而知。这里不说"夕阳"而取"白日"，正与作者的心情吻合，也隐喻当时国势渐颓的现实。

"吟鞭东指即天涯"一句，其中"吟鞭"指诗人的马鞭，"东指"点明了此行的目的地——故乡（浙江），"即天涯"是说距离京城很远。马鞭举处，前面便是离京城越来越远的海角天涯。龚自珍以"浩荡"修饰离愁，以"白日斜"烘托离愁，以"天涯"映衬离愁，这种多层次的描写方法和马致远的"夕阳西下，断肠人在天涯"有异曲同工之妙。

"落红不是无情物，化作春泥更护花"，这句诗道出了凋零之美的深意。那日暮的片片飞花，唤起作者心中无尽的哀愁。事业未竟，岁月蹉跎，青春已逝，红日西沉，今番出都，也许不再回还。作者是描摹落花的能手，曾写过"又闻净土落花深四寸，冥目观想尤神驰"等动人诗句，而如今，他突然感到自己像一片飘飞的落花。辞别京城，作者一路情不能已，对着无边的落花，展开丰富的想象。他想到官场的倾轧、拮据的生活，此时的他与落花融为了一体。

"落红不是无情物"中的"落红"二字，在全诗中地位十分重要。它承接首句的"浩荡离愁"，作者的离愁不仅有"浩荡"修饰、"白日斜"烘托、"天涯"映衬，还被时时拂面而过的"落红"撩起。这一笔是隐藏在诗内的，因此，"落红"既是对前面离愁内涵的补充，而作为转折，它又使整首诗从离愁中解脱出来，为全诗主题的升华做了铺垫。"落红"即落花，全句的本义是说从飘落的花瓣并不是无情之物，而是化作春泥以养育来年的春花。作者借自然的循环法则来自比，表示自己虽然辞官，但仍会关心国家的前途命运。至此，作者终于把飞花般纷乱的思绪捉住，从愁思中摆脱出来，带着使命感和责任感，上升到一种庄严神圣的境界。

这首诗将政治抱负和个人志向融为一体，将抒情和议论有机结合，形象地表达了作者复杂的情感。龚自珍论诗曾说"诗与人为一，人外无诗，诗外无人"（《书汤海秋诗集后》），他自己的创作就是最好的证明。

学思践悟

请联系生活实际想一想，在当今社会，有没有具有"落红不是无情物，化作春泥更护花"这种精神的人呢。

随学随练

己亥杂诗·其五

[清]龚自珍

浩荡离愁白日斜，吟鞭东指即天涯。落红不是无情物，化作春泥更护花。

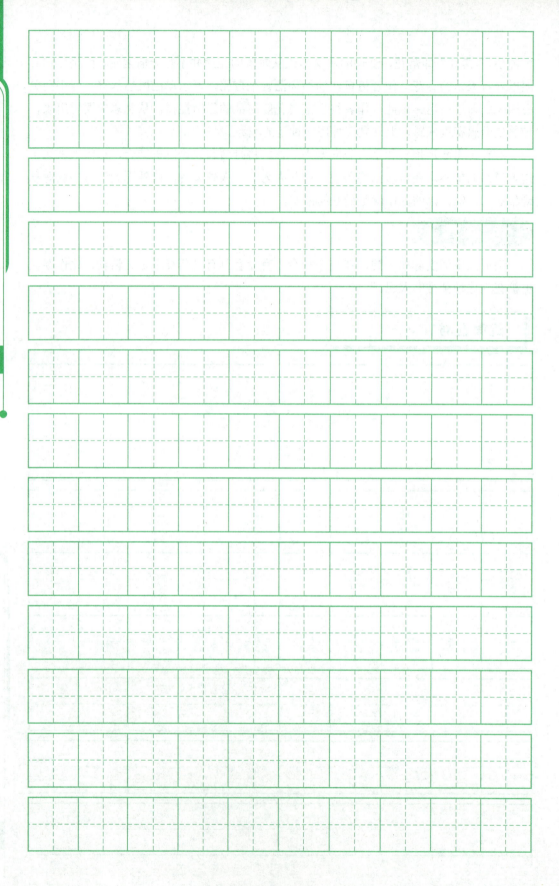

拓展阅读

龟虽寿

[三国] 曹操

神龟虽寿，犹有竟时；
腾蛇乘雾，终为土灰。
老骥伏枥，志在千里；
烈士暮年，壮心不已。
盈缩之期，不但在天；
养怡之福，可得永年。
幸甚至哉，歌以咏志。

秋夜独坐

[唐] 王维

独坐悲双鬓，空堂欲二更。
雨中山果落，灯下草虫鸣。
白发终难变，黄金不可成。
欲知除老病，惟有学无生。

浣溪沙·一曲新词酒一杯

[北宋] 晏殊

一曲新词酒一杯，去年天气旧亭台。夕阳西下几时回？
无可奈何花落去，似曾相识燕归来。小园香径独徘徊。

登飞来峰

［北宋］王安石

飞来山上千寻塔，闻说鸡鸣见日升。
不畏浮云遮望眼，自缘身在最高层。

题西林壁

［北宋］苏轼

横看成岭侧成峰，远近高低各不同。
不识庐山真面目，只缘身在此山中。

冬夜读书示子聿

［南宋］陆游

古人学问无遗力，少壮工夫老始成。
纸上得来终觉浅，绝知此事要躬行。

春 日

［南宋］朱熹

胜日寻芳泗水滨，无边光景一时新。
等闲识得东风面，万紫千红总是春。

咏物言志篇

探渊索珠——沉博绝丽

咏物言志是将个人之志依托在某个客观之物（如梅、兰、竹、菊、松、风等）上，也就是说，通过对具体事物的描写，含蓄地表现人的志向或情怀，传达人的抱负和志趣。其中的志与物注注存在某种相同点或相似点。

例如，郑谷的"王孙莫把比蓬蒿，九日枝枝近鬓毛。露湿秋香满池岸，由来不羡瓦松高"（《菊》），作者除了将池岸边的菊花与高屋上的瓦松做对比外，还采用了托物言志的手法，意在说明菊花虽然生长在低洼之处，却自身高洁，慷慨地把馨香奉献给了人们；作者赋予菊花不羡慕高位、不追逐名利的高尚品质，托菊花表达自己淡泊、高洁、甘于奉献的志向和追求。又如，虞世南的"垂緌饮清露，流响出疏桐。居高声自远，非是藉秋风"（《蝉》），作者借居高食洁的蝉指代才清志高、踌躇满志的士大夫，表明品质高洁的人不需任何凭借，自会声名远扬。

咏物言志诗是中国诗歌史上一颗闪耀的明珠，讲求托物言志、寓理于情，讲求言简意赅、凝练节制，讲求形神兼备、意境深远，强调知、情、意、行相统一。阅读咏物言志诗，不仅可以陶冶情操、修身养性，还能培养审美情趣和优良品质。

本篇将详细讲述骆宾王的《在狱咏蝉》、张志和的《渔歌子》、苏轼的《卜算子·黄州定慧院寓居作》、李清照的《鹧鸪天·桂》、陆游的《卜算子·咏梅》、于谦的《咏煤炭》这六首诗词作品。让我们细酌诗句、细品客观之物，跟随诗人与词人的思索和探究，体会物我合一的境界。

在狱咏蝉

［唐］骆宾王

诵读细酌

本诗是骆宾王的代表诗作。此诗作于他患难之时，歌咏了蝉的高洁品行。骆宾王以蝉比兴，以蝉喻己，寓情于物，寄托遥深，抒发了自身品行高洁却遭难被囚的哀怨之情，表达了辨明无辜、昭雪沉冤的愿望。

品读指导

西陆①蝉声唱，南冠②客思深。

不堪③玄鬓④影，来对白头吟⑤。

露重⑥飞难进⑦，风多响⑧易沉⑨。

无人信高洁⑩，谁为表予心⑪？

（选自《唐诗三百首》，中华书局，2023年）

作者简介

骆宾王（约638—684），婺（wù）州义乌（今属浙江）人，唐代文学家。他曾任临海丞，后随徐敬业起兵反对武则天，兵败后下落不明。与王勃等人以诗文齐名，为"初唐四杰"之一。其诗以七言歌行见长，多悲愤之词。又善骈文，所作《代李敬业（即徐敬业）传檄天下文》（后人改题作《讨武曌檄》），则天见之，有"宰相因何失如此之人"之叹。有《骆宾王文集》。

注释

① 西陆：秋天。

② 南冠：这里是囚徒的意思。

③ 不堪：不能忍受。一作"那堪"。

④ 玄鬓：这里指蝉。古代妇女将鬓发梳为蝉翼状，称之为"蝉鬓"。这里以玄鬓称蝉，比喻自己正当盛年。

⑤ 白头吟：借用乐府曲名，自喻清直受诬。

⑥ 露重：秋露浓重。

⑦ 飞难进：难以高飞。

⑧ 响：蝉声。

⑨ 沉：沉没，掩盖。

⑩ 高洁：清高洁白。这里指蝉，古人认为蝉栖高饮露，是高洁之物。作者因以自喻。

⑪ 予心：我的心。

译文

深秋季节寒蝉叫个不停，蝉声把我这囚徒的愁绪带到远方。

不能忍受正当盛年的好时光，独自吟诵白头吟这么哀怨的诗行。

秋露浓重，蝉儿纵使展开双翼也难以高飞；寒风瑟瑟，轻易地把它的鸣唱淹没。

有谁能相信秋蝉是这样的清廉高洁呢？又有谁能为我这个无辜而清正的人申冤昭雪呢？

作品鉴赏

赏析

这是一首咏物诗，作者咏蝉以表明自己的清白。诗的首联"西陆蝉声唱，南冠客思深"运用了起兴的手法，正面点题，写秋蝉的悲唱引起囚客悲思，也通过"南冠客思深"暗示自己已被囚禁，非常想念家乡的亲友。

颔联"不堪玄鬓影，来对白头吟"是在叙说作者的内心，读来仿佛可以听到他在沉默中的叹息。作者由人观蝉，见到蝉的"玄鬓"而感伤自己的"白头"。此联笔法巧妙，将作者的愁苦十分细腻地表现了出来。

颈联"露重飞难进，风多响易沉"点出了蝉鸣的环境，同时也投射出作者在困境中的绝望。风大纷扰，蝉声易被淹没。正如此时世间乱象丛生，自己受难却无处申诉。

尾联"无人信高洁，谁为表予心？"以自问的方式，表达了作者的苦闷和悲哀，诉说了自己在不公正的世间苦求，却无人相信自己的清白。在此联中，人与蝉是一体的，既表达了自己清白被诬的冤屈与愤慨，又抒发了在世间没有知音的寂寞与孤独，而这正是本诗中最富有感染力的地方。

总之，这首诗构思清新，蕴含了真挚的情感。作者用蝉的意象抒发人生中的无奈之感，表现出他在困境中对自由的渴望以及对世道的忧虑，传递出对生命的热爱和面对艰难处境时的不屈意志。这首诗比喻明确，有多处双关，处处咏蝉而又处处咏人，物我相融，浑然一体，具有强烈感染力，是唐诗中的咏物名篇之一。

学思践悟

请阅读李商隐的《蝉》与骆宾王的《在狱咏蝉》，并比较这两首诗中蝉的形象。

在狱咏蝉

[唐] 骆宾王

西陆蝉声唱，南冠客
思深。不堪玄鬓影，来对白
头吟。露重飞难进，风多响
易沉。无人信高洁，谁为表
予心？

咏物言志篇

渔歌子

[唐] 张志和

诵读细酌

张志和能书善画，常把绘画的技巧融入诗词作品中。请朗诵
这首词，并思考词中描写了哪些景物。

《渔歌子》朗读

品读指导

西塞山①前白鹭飞，桃花流水②鳜鱼肥。
青箬笠③，绿蓑衣④，斜风细雨不须归。

（选自《唐宋词鉴赏辞典》，上海辞书出版社，2016年）

作者简介

张志和（743？—810？），字子同，初名龟龄，婺州金华（今属浙江）人，自号烟
波钓徒，又号玄真子，唐代诗人、词人。他在肃宗时以明经擢第（科举考试及第），授
左金吾卫录事参军；之后因事获罪贬南浦尉，而绝意仕进，隐居江湖。

注释

① 西塞山：在今浙江省湖州市西面。
② 桃花流水：桃花盛开的季节正是河水上涨的时候，俗称"桃花水"。
③ 箬（ruò）笠：竹叶编的斗笠。
④ 蓑衣：用草或棕编制成的雨衣。

译文

西塞山前白鹭在自由地翱翔，桃花盛开，春水初涨，鳜鱼正肥美。
渔夫戴着青色的箬笠，披着绿色的蓑衣，在斜风细雨中悠然自得、流连忘返。

作品鉴赏

赏析

张志和的词保存下来的有《渔歌子》五首，这是其中最为脍炙人口的一首。

这首词的上片用寥寥数笔，勾勒出一幅色彩清丽、生机勃勃的江南风景长卷。首
句"西塞山前白鹭飞"点明地点。其中的"白鹭"象征着自由、闲适，这里写白鹭自

在地飞翔，是在衬托渔夫悠闲自得的生活状态。第二句"桃花流水鳜鱼肥"点明此时正是江南水乡最美好的季节。在南方桃花盛开的时节，天气转暖，雨水变多，河水上涨，于是鱼群便多起来了。作者没有直接说春汛的到来，而是用"桃花流水鳜鱼肥"进行侧面描写。如此一来，便勾起读者的想象，使其似乎看到两岸盛开的红艳艳的桃花、河水陡涨时鳜鱼不时跃出水面的画面。

上片呈现出"动"的盎然生机，下片描绘的则是"静"的悠然境界。"青箬笠，绿蓑衣，斜风细雨不须归"，作者在时间的流动中抓住了一刹那的静止画面，上片中"白鹭""流水""鳜鱼"等动态景物，烘托出下片渔夫悠然自得的心理状态与沉浸于美景之中的愉快心情。"斜风细雨不须归"正是对渔夫为美陶醉、热爱自由生活、率性归真的生动写照。

这首词构思巧妙，意境优美，语言生动，格调清新，通过描写秀丽的水乡风光和理想化的渔夫的生活，寄托了作者爱自由、爱自然的情怀，是千古流传之作。

学思践悟

请选取生活中令你印象深刻的一个片段，仿照"青箬笠，绿蓑衣，斜风细雨不须归"写一句词。

随学随练

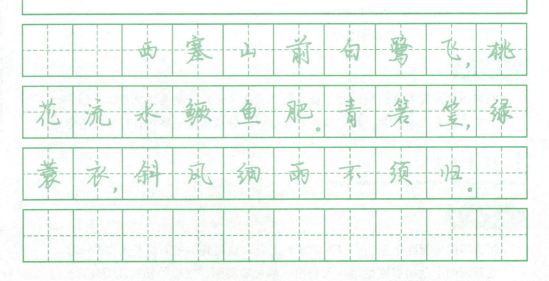

渔歌子

[唐] 张志和

		西	塞	山	前	白	鹭	飞，	桃
花	流	水	鳜	鱼	肥。	青	箬	笠，	绿
蓑	衣，	斜	风	细	雨	不	须	归。	

咏物言志篇

卜算子·黄州定慧院寓居作

[北宋] 苏轼

诵读细酌

这首词是苏轼贬居黄州后的抒怀之作。苏轼借咏孤雁夜飞，抒写政治失意的孤寂忧愤之情，表现出他不同流俗、清高自守的品格。请朗诵这首词，品味词中的情感。

《卜算子·黄州定慧院寓居作》朗读

品读指导

缺月挂疏桐，漏断①人初静。谁见幽②人独往来，缥缈③孤鸿影。

惊起却回头，有恨无人省④。拣尽寒枝不肯栖，寂寞沙洲⑤冷。

（选自《东坡乐府笺》，上海古籍出版社，2009年）

注释

① 漏断：深夜。漏，指漏壶，古代计时的器具。深夜壶水渐少，很难听到滴漏的声音了，所以说"漏断"。

② 幽：幽居。

③ 缥缈：隐隐约约、若有若无的样子。

④ 无人省（xǐng）：没有人知晓。

⑤ 沙洲：江河中由泥沙淤积而成的小块陆地。

译文

弯弯的勾月悬挂在稀疏的梧桐树上，夜深人静，漏壶中的水早已滴光。幽居的人还在独自徘徊，这时天边仿佛掠过孤雁缥缈的身影。

黑夜中，孤雁像是受到了惊吓，骤然飞起，并频频回头，仿佛内心藏有无人理解的无限幽恨。它不断在寒冷的树枝间逡巡，不肯栖息于任何一棵树上，最后只能寂寞地降落在清冷的沙洲上。

作品鉴赏

赏析

在这首词中，苏轼借月夜孤鸿这一形象寄托情感，表达了自己孤高自许、蔑视流俗的心境。

词的上片写深夜院中所见的景色。"缺月挂疏桐，漏断人初静"两句营造了一种夜深人静、寒冷凄清的孤寂氛围，为下文"幽人""孤鸿"的出场做铺垫。接下来的"时见幽人独往来，缥缈孤鸿影"两句，写四周是那么宁静幽寂，在万物入梦的此刻，又有谁像自己这样在月光下孤寂地徘徊，像天边缥缈的孤鸿一样呢？这两句通过对人、孤鸿形象的对应与嫁接，强化了"幽人"的超凡脱俗，极富象征意味和诗意之美。

下片更是把"鸿"与"人"同写。"惊起却回头，有恨无人省"，这两句直写作者孤寂的心境。人在孤独的时候，总会四顾，然而结果往往是更感凄凉。又有谁能理解自己的心呢？世无知音，孤苦难耐，情何以堪？最后两句"拣尽寒枝不肯栖，寂寞沙洲冷"，作者借描写孤鸿的行为，表达了自己贬谪黄州时期孤寂、艰辛的处境和高洁自许、不愿随波逐流的操守与人格。

学思践悟

"孤鸿"是中国古诗词中常见的意象。请搜集相关的诗词作品，并分析"孤鸿"这一意象在其中的作用。

随学随练

卜算子·黄州定慧院寓居作

〔北宋〕苏轼

| 缺 | 月 | 挂 | 疏 | 桐 | ， | 漏 | 断 | 人 |
| 初 | 静 | 。 | 谁 | 见 | 幽 | 人 | 独 | 往 | 来 | ， | 缥 |

缥缈孤鸿影。

惊起却回头，有恨无
人省。拣尽寒枝不肯栖，寂
寞沙洲冷。

国学经典之古诗词赏析

鹧鸪天·桂

[南宋] 李清照

诵读细酌

在中国古诗词中，不同作者笔下的桂花形象各不相同，均饱含了他们的真挚情感。这首《鹧鸪天·桂》将花与情完美结合，使读者无法分清到底是桂花撩动了李清照的情思，还是她的感情恰好寄托在桂花上。请朗诵这首词，品味词中的情感。

品读指导

暗淡轻黄体性柔，情疏迹远只香留。何须浅碧轻红色，自是花中第一流。

梅定妒，菊应羞。画阑开处冠中秋①。骚人②可煞③无情思④，何事⑤当年不见收？

（选自《李清照集笺注》，上海古籍出版社，2018 年）

作者简介

李清照（1084—约 1155），南宋女词人，号易安居士，齐州章丘（今山东济南市章丘区西北）人，是婉约词派的代表人物。李清照出身于书香门第，早年生活优裕，其父李格非藏书甚富，她小时候就在良好的家庭环境中打下了文学基础。出嫁后与夫赵明诚共同致力于书画金石的搜集整理。后来金兵入据中原时，她流寓南方，境遇孤苦。

注释

① 画阑开处冠中秋：这里化用李贺《金铜仙人辞汉歌》中的"画栏桂树悬秋香"，谓桂花为中秋时节首屈一指的花木。

② 骚人：楚人，指屈原。

③ 可煞：疑问词，可是。

④ 情思：情意。

⑤ 何事：为何。

译文

淡黄色的桂花体态轻盈，它于幽静之处默默地留下香味。不需要浅绿嫩红那样的颜色，桂花本就是第一流的名花。

梅花一定会妒忌，菊花也应羞惭。桂花是秋天里的百花之首。可是屈原对桂花没有情意，不然，他在《离骚》中赞美过那么多花，为什么没有提到桂花呢？

作品鉴赏

赏析

咏物诗词一般以咏物抒情为主，很少用议论的形式来写。然而，李清照的这首咏桂词一反传统，以议论入词，又托物抒怀。

词的开头为"暗淡轻黄体性柔，情疏迹远只香留"，短短十四字却形神兼备，写出了桂花的独特风韵。上句重在赋"色"，兼及体性；下句重在咏怀，突出"香"字。色黄而冠之以"轻"，再加上"暗淡"二字，说明桂花不以浓艳娇媚的颜色取悦于人。这两句是说桂花虽颜色轻淡，却秉性温雅柔和，像一位恬静的淑女，自有其独特的风韵；同时，它又"情疏迹远"，品格高洁，将浓郁的芳香留给了人间。

词的前两句咏物结束后，下文便转入议论。"何须浅碧轻红色，自是花中第一流"为第一层议论，反映了李清照的审美观：品格的美、内在的美尤为重要。"何须"二字写桂花不必像群花一样以"色"美取胜，色淡香浓、迹远品高的桂花本就是"花中第一流"。

"梅定妒，菊应羞。画阑开处冠中秋"为第二层议论。这一层是说连李清照一生酷爱的梅花在"暗淡轻黄体性柔"的桂花面前，也定会生出忌妒之意；而她颇为称许的菊花也只能掩面含羞，自叹弗如。接着又从节令上着眼，称桂花为中秋时节的花中之冠。

"骚人可煞无情思，何事当年不见收？"为第三层议论。屈原在《离骚》中咏唱了众多名花珍卉，以喻君子修身美德，唯独桂花不在其列。因此，李清照很为桂花抱屈，故毫不客气地问：难道是屈原才思不足、没有情意吗？竟把香冠中秋的桂花给遗漏了。

李清照的这首咏物词，咏物而不滞于物，或以群花作比，或以梅菊陪衬，或评价古人，从多层次的议论中，形象地展现了她那超尘脱俗的美学观点与对桂花由衷的赞美和崇敬。这首词显示了李清照卓尔不群的审美品位，值得读者用心体会。

学思践悟

在这首词中，李清照用了哪些表达方式来描写桂花？请举例说明。

鹧鸪天·桂

[南宋] 李清照

暗淡轻黄体性柔，情疏迹远只香留。何须浅碧轻红色，自是花中第一流。

梅定妒，菊应羞。画阑开处冠中秋。骚人可煞无情思，何事当年不见收？

卜算子·咏梅

［南宋］陆游

诵读细酌

陆游的一生可谓是充满坎坷。他曾因力主用兵而被多次罢官，即便如此，他依然矢志报国，坚贞不屈。这种情怀和节操在其诗词中得到了充分的体现。他的《卜算子·咏梅》是以梅寄志的代表性作品。词中那"零落成泥碾作尘，只有香如故"的梅花，是对陆游不懈的抗争精神和坚贞不渝的品格的形象写照。请朗诵这首词，品味词中的情感。

品读指导

驿外①断桥②边，寂寞③开无主④。已是黄昏独自愁，更⑤着⑥风和雨。

无意苦⑦争春⑧，一任⑨群芳⑩妒。零落⑪成泥碾⑫作尘，只有香如故。

（选自《放翁词编年笺注》，上海古籍出版社，2012 年）

注释

① 驿（yì）外：驿站附近。驿，驿站，古代官办的供传递公文的人中途住宿和换马的处所。

② 断桥：残破的桥。

③ 寂寞：孤单冷清。

④ 无主：自生自灭，无人照管和玩赏。

⑤ 更：又，再。

⑥ 着（zhuó）：遭受，承受。

⑦ 苦：尽力，竭力。

⑧ 争春：与百花争奇斗艳。

⑨ 一任：任凭。

⑩ 群芳：百花。

⑪ 零落：凋谢。

⑫ 碾（niǎn）：轧碎。

译文

驿站之外的断桥边，梅花孤单寂寞地开放了，无人过问，也无人欣赏。暮色降临，梅花无依无靠，这已经够愁苦了，奈何又遭到了风雨的摧残。

梅花并不想费尽心思去争艳斗宠，也毫不在乎百花的妒忌。即使凋零了，被碾作泥土，梅花依然和往常一样散发出缕缕清香。

作品鉴赏

赏析

这首词以"咏梅"为题，咏物寓志，表达了陆游孤高雅洁的志趣。陆游曾经称赞梅花"雪虐风饕愈凛然，花中气节最高坚"（《落梅》）。梅花如此清幽绝俗，如今竟开在荒凉寂寥的"驿外断桥边"而无人问津。从这一句可知，陆游咏叹的梅并非园中有专人照顾、有人欣赏的梅，而是一株生长在荒僻郊外的"野梅"。无人爱护，无人欣赏，随着四季的更迭，它默默地开放，又默默地凋落。"驿外断桥边，寂寞开无主"，首句是景语，第二句则是情语。陆游将自己的感情倾注于梅花上，因此吟出一句"寂寞开无主"。

"已是黄昏独自愁，更着风和雨"，日落黄昏，孑然一身、无人过问的梅花处境凄凉，独自哀愁。"驿外断桥""黄昏"，原本梅花已是愁苦不堪，奈何又遇到凄风冷雨，孤苦之情更深一层。

可见，词的上片集中写梅花的悲凉处境。作者"情景双绘"，用环境、时间和自然现象来烘托梅花的"愁"，也让读者深切感受到作者自己的心境。

词的下片托梅寄志。春天百花怒放、争丽斗妍；梅花凌寒先发，迎来了春天，却"无意苦争春"，只有迎春、报春的赤诚。"一任群芳妒"，即使"群芳"有"妒心"，那也是它们自己的事情，就任它们去嫉妒吧。这里的"争春""妒"，是暗喻人事。作者借梅花的不争表现出自己性格孤高，决不与争宠邀媚、阿谀逢迎之徒为伍的品格和不畏谗毁、坚贞自守的傲骨。

最后两句"零落成泥碾作尘，只有香如故"，承上片的寂寞无主、风雨交侵等凄惨境遇，把梅花的高洁品格又推进一层。前句有四层意思："零落"点出梅花不堪雨骤风狂的摧残，纷纷凋落了，这是第一层；"成泥"道出梅花落地与泥水混杂，这是第二层；"碾"字突出摧残者的无情和被摧残者的凄惨，这是第三层；"作尘"是结果，讲述梅花被摧残、被践踏而化作灰尘，这是第四层。这一句形象地道出梅花的悲惨命运，然而，作者的目的并非只写梅花的悲惨遭遇。这一句仍是铺垫，是蓄势，是为了把下句的词意推上最高峰。虽说梅花凋落了，被践踏成泥土、尘灰，它的香味却依旧"如故"。最后一句振起全篇，把前面梅花遭受的悲凉处境全部置之度外，不仅升华了梅花不屈的精神与孤高的形象，还阐明了作者的心志。

你还知道哪些歌颂梅花高洁品格的诗词作品？请选择令自己印象深刻的一首与同学们分享，并说说自己的理由。

随学随练

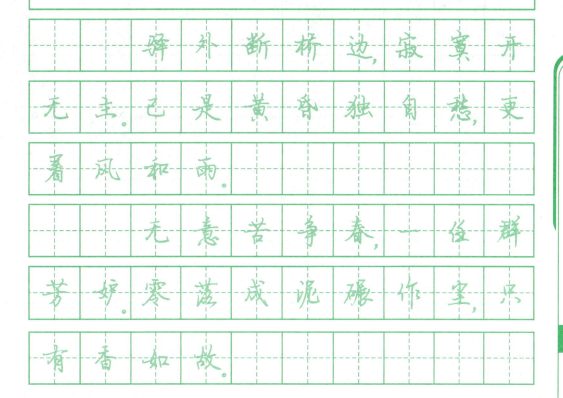

卜算子·咏梅

[南宋] 陆游

		驿	外	断	桥	边，	寂	寞	开
无	主。	已	是	黄	昏	独	自	愁，	更
着	风	和	雨。						
		无	意	苦	争	春，	一	任	群
芳	妒。	零	落	成	泥	碾	作	尘，	只
有	香	如	故。						

咏煤炭

[明] 于谦

诵读细酌

这首诗是明代治世能臣于谦托物言志之作。这首诗借煤炭的燃烧来表达作者忧国忧民的思想、甘愿为国为民献身的高风亮节。全诗多用比喻、双关等手法，情感深沉，意蕴浑然。请朗诵这首诗，品味诗中情感。

品读指导

凿开混沌①得乌金②，藏蓄阳和③意最深④。

爝火⑤燃回春浩浩，洪炉⑥照破夜沉沉。

鼎彝⑦元赖⑧生成力，铁石犹存死后心⑨。

但愿苍生俱饱暖，不辞辛苦出山林。

（选自《明诗鉴赏》，人民文学出版社，2022 年）

作者简介

于谦（1398—1457），字廷益，号节庵，浙江钱塘（今杭州）人，明代名臣、民族英雄。他历任监察御史、兵部侍郎兼河南、山西等地巡抚，官至少保，世称"于少保"。于谦是明代抵抗瓦剌入侵的英雄，后来被石亨等人诬陷谋立襄王之子而含冤身死。万历年间谥"忠肃"，因此也称"于忠肃公"，有《于忠肃集》。于谦与岳飞、张煌言并称"西湖三杰"，《明史》称赞其"忠心义烈，与日月争光"。

注释

① 混沌：本指天地未分时的原始状态，这里指大地。

② 乌金：煤炭。因黑而有光泽，故名。

③ 阳和：温暖与光明。这里借指煤炭蓄藏的热力。

④ 意最深：情意深重。

⑤ 爝（jué）火：小火，火把。

⑥ 烘炉：大的冶炼炉。

⑦ 鼎彝：泛指烹饪工具，这里喻指国家。鼎，古时的三足烹煮器具。彝，古时酒器。

⑧ 元赖：原本依靠。元，通"原"，本来。赖，依靠。

⑨ 铁石犹存死后心：当铁石被消融而化为煤炭的时候，仍有为人造福之本心。古人误认为煤炭是铁石久埋地下变成的。

译文

凿开土地，从中挖掘出煤炭，这种煤炭蕴藏着丰富的热力，它的心意深远而温暖。

微小的火把能够重新点燃春天的浩荡气息，巨大的熔炉能够照亮并驱散沉重的黑夜。

制作钟鼎、彝器等礼具，原本依靠的是大自然的力量，当铁石被消融而化为煤炭的时候，仍有为人造福之本心。

只希望所有的百姓都能够吃饱穿暖，也不枉我不辞辛劳地走出山林。

作品鉴赏

赏析

这是一首具有深刻个人情感和社会意义的诗作。全诗共八句，分为两个部分：前四句描写煤炭的形象和作用，后四句抒发作者的抱负和情怀。

诗的前两句"凿开混沌得乌金，藏蓄阳和意最深"通过"混沌"一词，描绘了煤炭深埋地下、未经开采的状态；"乌金"是对煤炭的美称，黑色的煤炭因其光泽而被称为"金"，显示了煤炭的价值；"阳和"指煤炭所蕴含的巨大热能；"意最深"则暗示了煤炭不仅仅是一种物质，更承载着作者的深厚情感。

接下来的两句"爝火燃回春浩浩，洪炉照破夜沉沉"描绘了煤炭燃烧的场景。这里的"爝火"和"洪炉"分别代表了煤炭点燃的小火和熊熊燃烧的大火，煤炭带来了光明和温暖，象征着希望和力量。煤炭的燃烧如同春风一般令万物复苏，同时照亮了黑暗，驱散了寒冷，展现了煤炭在人们生活中的重要作用。

"鼎彝元赖生成力"一句，将煤炭的力量比喻为国家治理和人们生活所依赖的力量；"铁石犹存死后心"一句，表达了作者坚贞不渝的决心和忠诚。即使面临困难和挑战，他也要坚持自己的信念和理想。

最后两句"但愿苍生俱饱暖，不辞辛苦出山林"是全诗的高潮，充分表现出作者强烈的入世之情，表达了他深厚的为民情怀和崇高的理想。作者希望自己能够像煤炭一样，为世人带来温暖和温饱。即使需要付出艰辛的努力，也愿意走出山林，为国家和世人服务。这里的"山林"象征着作者入仕前的生活，"不辞辛苦"则强调了作者为了理想和抱负愿意付出一切代价的决心。

总体来说，这首诗通过描写煤炭的形象和作用，展现了作者对国家和人民的深厚情感和责任感。诗中既有对煤炭的赞美，也有对个人理想的追求，体现了作者的高尚情操和远大抱负。

学思践悟

于谦的诗作多不事雕琢，朴实易懂。请从中选择一首你喜欢的作品与同学们分享，并说明理由。

咏煤炭

[明] 于谦

凿开混沌得乌金，藏
蓄阳和意最深。爝火燃回
春浩浩，洪炉照破夜沉沉。
鼎彝无赖生成力，铁石犹
存死后心。但愿苍生俱饱
暖，不辞辛苦出山林。

咏物言志篇

拓展阅读

萤 火

[唐] 杜甫

幸因腐草出，敢近太阳飞。
未足临书卷，时能点客衣。
随风隔幔小，带雨傍林微。
十月清霜重，飘零何处归。

菊 花

[唐] 元稹

秋丛绕舍似陶家，遍绕篱边日渐斜。
不是花中偏爱菊，此花开尽更无花。

早 雁

[唐] 杜牧

金河秋半虏弦开，云外惊飞四散哀。
仙掌月明孤影过，长门灯暗数声来。
须知胡骑纷纷在，岂逐春风一一回。
莫厌潇湘少人处，水多菰米岸莓苔。

蜂

[唐] 罗隐

不论平地与山尖，无限风光尽被占。
采得百花成蜜后，为谁辛苦为谁甜？

咏物言志篇

杏 花

[北宋] 王安石

石梁度空旷，茅屋临清炯。
俯窥娇娆杏，未觉身胜影。
嫣如景阳妃，含笑堕宫井。
怊怅有微波，残妆坏难整。

水龙吟·次韵章质夫杨花词

[北宋] 苏轼

似花还似非花，也无人惜从教坠。抛家傍路，思量却是，无情有思。萦损柔肠，困酣娇眼，欲开还闭。梦随风万里，寻郎去处，又还被、莺呼起。

不恨此花飞尽，恨西园、落红难缀。晓来雨过，遗踪何在，一池萍碎。春色三分，二分尘土，一分流水。细看来，不是杨花，点点是离人泪。

石灰吟

[明] 于谦

千锤万击出深山，烈火焚烧若等闲。
粉身碎骨全不惜，要留清白在人间。

临江仙·寒柳

[清] 纳兰性德

飞絮飞花何处是？层冰积雪摧残。疏疏一树五更寒。爱他明月好，憔悴也相关。

最是繁丝摇落后，转教人忆春山。湔裙梦断续应难。西风多少恨，吹不散眉弯。

借古咏怀篇

探渊索珠——寄托壮志

　　借古咏怀，顾名思义，是指引用、借鉴历史人物或注昔重大事件，以抒发自己的情感与抱负。诗人注注以"怀古""凭吊"等富有深意的题目为引，或追忆注昔辉煌，或感慨世事沧桑，以此寄托个人理想，寻求心灵慰藉。

　　这类诗歌的情感寄托可以分为两个层面，即"悲兴亡""伤时弊"的国家层面和"述己志""叹身世"的个人层面。

　　国家层面的"悲兴亡"通常是指诗人借历史遗迹，抒发对世事变迁、物是人非的感慨；"伤时弊"是指诗人巧妙地运用借古讽今的艺术手法，通过描绘前朝社会的冷漠残酷、君主昏庸无道的社会背景，来批判当今社会的种种弊端，揭露统治者的腐朽无能，同情民生疾苦。例如，唐代诗人刘禹锡《乌衣巷》一诗，通过昔日门阀士族的繁华与今日的荒凉这一鲜明对比，寄托了他对世事沧桑、盛衰变化的感慨以及对历史变迁、王朝兴替的深刻思考。又如，北宋诗人王安石的《桂枝香·金陵怀古》，通过对金陵景物的描绘和历史兴亡的感慨，以及对六朝统治者荒淫无度的行为的深刻批判，表达出作者对当时朝政的担忧和对国家大事的关心。

　　个人层面的"述己志"不仅是诗人对先贤的缅怀，更是其内心深处对自我价值的认同，渴望像先贤一样建功立业；"叹身世"是诗人对生命流逝与时光无情的深刻咏叹，也是对壮志难酬的无奈感慨。例如，南宋词人辛弃疾的《永遇乐·京口北固亭怀古》连用五个典故，表达了自己报效国家的强烈愿望和对朝廷不能尽用人才的慨叹。又如，唐代诗人杜甫的《咏怀古迹》其三，借昭君的不幸来抒写自己的远大抱负。

　　本篇将详细讲述陶渊明的《咏荆轲》、李白的《登金陵凤凰台》、杜甫的《蜀相》、杜牧的《赤壁》《泊秦淮》、辛弃疾的《永遇乐·京口北固亭怀古》这六首诗词作品。让我们走进历史，跟随诗人的思绪，感受时光荏苒，沧海桑田，感受诗人的体悟、思考与追求。

咏荆轲①

[东晋] 陶渊明

诵读细酌

这首诗取材于《史记·刺客列传》，咏赞了荆轲刺杀秦王之事。燕太子丹曾在秦国当人质，秦王待之不善，他逃回本国后尽力招募勇士，图谋复仇。荆轲被招，受到燕太子丹的器重，奉命带着暗藏匕首的地图进献秦王，伺机行刺。虽然最终以失败告终，但这件事流传开来，荆轲也成了"士为知己者死"的典型。

陶渊明所生活的年代社会动荡，战火不休，因此他选择这样一位敢于舍身除暴的英雄加以歌咏，以抒发内心的无限感慨。请朗诵这首诗，品味诗中的情感。

品读指导

燕丹②善养士③，志在报④强嬴⑤。

招集百夫良⑥，岁暮得荆卿⑦。

君子死知己⑧，提剑出燕京⑨。

素骥⑩鸣广陌⑪，慷慨⑫送我行。

雄发⑬指危冠⑭，猛气冲长缨⑮。

饮饯⑯易水⑰上，四座列群英。

渐离⑱击悲筑，宋意⑲唱高声。

萧萧⑳哀风逝，淡淡㉑寒波生。

商音㉒更流涕，羽奏㉓壮士惊。

心知去不归，且㉔有后世名㉕。

登车何时顾？飞盖㉖入秦庭。

凌厉㉗越万里，逶迤㉘过千城。

图穷事自至，豪主㉙正怔营㉚。

惜哉剑术疏㉛，奇功㉜遂㉝不成！

其人㉞虽已没，千载有余情㉟。

（选自《陶渊明集译注》，中华书局，2019 年）

注释

① 荆轲：战国末期刺客。他游历燕国，被燕太子丹尊为上卿，派往刺杀秦王嬴政。荆轲携带秦国逃亡将军樊於期的首级和暗藏有毒匕首的地图进献秦王。献图时，地图展开至尽头现出匕首，刺杀秦王失败而最终被杀。

② 燕丹：燕国太子，名丹。

③ 士：门客。

④ 报：报复，报仇。

⑤ 强赢：强秦。赢，指秦王赢政，即后来统一六国的秦始皇。

⑥ 百夫良：百里挑一的勇士。

⑦ 荆卿：荆轲。卿，燕人对他的尊称。

⑧ 死知己：为知己而死。

⑨ 燕京：燕国的都城，今北京市的别称。

⑩ 素骥：白色骏马。《战国策·燕策三》："太子及宾客知其事者，皆白衣冠以送之。"白色是丧服色，"白衣冠"以示同秦王决一死战，以壮荆轲之行。

⑪ 广陌：大路。

⑫ 慷慨：情绪激昂。

⑬ 雄发：怒发。

⑭ 冠：帽子。

⑮ 缨：系帽子的丝带。

⑯ 饮饯：饮酒送别。

⑰ 易水：水名。在今河北省西部。

⑱ 渐离：高渐离，荆轲的朋友，战国末期燕国人，擅长击筑。筑，古时一种弦乐器。

⑲ 宋意：燕太子丹的门客。

⑳ 萧萧：风声。

㉑ 淡淡：水波荡漾的样子。

㉒ 商音：古代乐调分为宫、商、角、徵、羽五个音阶，商调凄凉。

㉓ 羽奏：演奏羽调。羽调悲壮激越。

㉔ 且：将。

㉕ 名：指不畏强暴、勇于赴死的英名。

㉖ 飞盖：车子像飞一样地疾驰。盖，车盖，代指车。

㉗ 凌厉：意气昂扬，奋起直前的样子。

㉘ 逶迤：路弯曲延续不绝的样子。

㉙ 豪主：豪强的君主，指秦王。

㉚ 怔营：惊恐、惊惶失措的样子。

㉛ 剑术疏：剑术不精。

㉜ 奇功：指刺杀秦王之功。

㉝ 遂：竟。

㉞ 其人：指荆轲。

㉟ 余情：不尽的豪情。

燕国太子喜欢收养门客，目的是报复强大的秦国。

他到处招集勇武之人，这一年年底募得了荆轲。

君子重义气为知己而死，荆轲仗剑就要离开燕京。

白色骏马在大路上鸣叫，众人意气昂扬为他送行。

个个同仇敌忾怒发冲冠，勇猛之气似要冲断帽缨。

易水边摆下盛大的送别宴，就座的都是人中精英。

高渐离击筑筑声慷慨悲壮，宋意唱歌歌声响彻云霄。

座席中吹过萧萧的哀风，水面上漾起淡淡的波纹。

唱到商调大家无不流泪，秦到羽调振奋壮士之心。

他明知这一去有去无回，留下的英名将万古长存。

登车而去何曾有所眷顾？飞车直驰那秦国的宫廷。

勇往直前行程超过万里，曲折行进所经何止千城。

地图展至尽头现出匕首，秦王一见不由惊惶失措。

可惜呀！只可惜剑术不精，奇功伟绩竟然未能完成。

荆轲其人虽然早已死去，他的精神永远激励后人。

作品鉴赏

赏析

这是一首气壮山河、托古言志的咏怀诗。作者通过歌颂荆轲刺秦的壮举，表达了对黑暗政治和强暴力量的憎恶以及铲强除暴的强烈愿望。

全诗按照事情的发展过程，重点描绘了"出京""饮饯""登程""搏击"四个场面，着重于对人物的刻画，从而塑造出一个大义凛然的除暴英雄形象。

开篇四句开门见山，点明了故事发生的时间、地点和人物。作者从燕太子丹养士为报复秦国这一历史背景入手，引出荆轲这一核心人物。接下来，通过描绘荆轲的英勇行为和坚定决心，进一步塑造其形象。例如，"提剑出燕京"描绘了荆轲仗剑行侠的飒爽英姿；"雄发指危冠，猛气冲长缨"以夸张的手法勾画出其义愤填膺、热血沸腾神态。

"饮饯易水上，四座列群英。渐离击悲筑，宋意唱高声。"这部分描写了众人为荆轲送行的场景。"易水"自古以来便是象征英雄出征之地，如此写法为全诗奠定了悲壮而豪迈的基调。一个"列"字，表示各路英雄豪杰集聚于此，"群英"不仅写明了送别者的身份，更凸显了荆轲此次行动的重大意义。后两句诗是对具体的人物动作和声音的描绘，随着好友击筑而歌，将送别之情推向了高潮。

"登车何时顾？飞盖入秦庭。凌厉越万里，逶迤过千城。"这四句排比而下，生动描绘出一位英雄人物踏上征途、勇往直前、不畏艰辛的壮丽画面，展现出荆轲义无反顾的勇猛气概。

"图穷事自至，豪主正怔营"简要概述了荆轲行刺秦王的过程。尽管作者并没有详细描述这一重要时刻，但从后句"豪主正怔营"不难想见荆轲拔刀行刺时那坚毅果决的神态。然而，荆轲最终未能刺杀成功，引得作者的深深惋惜之情。

结尾"其人虽已没，千载有余情"，作者直接抒情和评述，既惋惜荆轲"奇功不成"，又肯定其精神永存。这种对英雄精神的赞美和传承，正是作者借古喻今、托古言志的深刻用意。

学思践悟

唐代诗人柳宗元同样作过一篇《咏荆轲》。请从艺术风格、表现手法等不同方面分析该诗与本诗的差异。

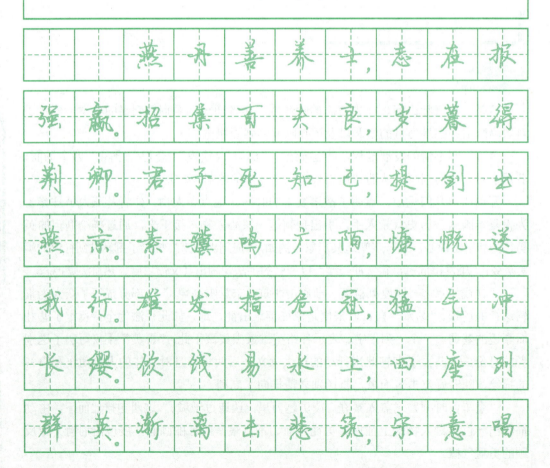

随学随练

咏荆轲

[东晋] 陶渊明

燕	丹	善	养	士	，	志	在	报
强	嬴	。	招	集	百	夫	良	，	岁	暮	得
荆	卿	。	君	子	死	知	己	，	提	剑	出
燕	京	。	素	骥	鸣	广	陌	，	慷	慨	送
我	行	。	雄	发	指	危	冠	，	猛	气	冲
长	缨	。	饮	饯	易	水	上	，	四	座	列
群	英	。	渐	离	击	悲	筑	，	宋	意	唱

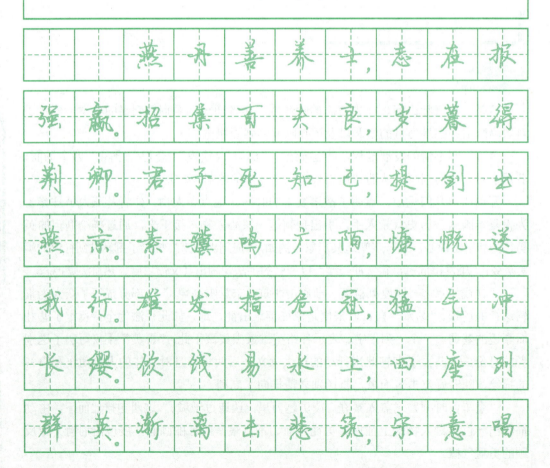

高声。萧萧哀风逝，淡淡寒
波生。商音更流涕，羽奏壮
士惊。心知去不归，且有后
世名。登车何时顾？飞盖入
秦庭。凌厉越万里，逶迤过
千城。图穷事自至，豪主正
怔营。惜哉剑术疏，奇功遂
不成！其人虽已没，千载有
余情。

登金陵凤凰台①

[唐] 李白

诵读细酌

这首诗是李白来到金陵名胜凤凰台时，触物兴怀所作的一首七言律诗，通过描绘凤凰台的风景与回忆往昔，抒发了诗人对历史变迁和人生无常的感慨。此诗气韵高古，格调悠远，彰显了李白诗歌的艺术特色。请朗诵这首诗，品味诗中的情感。

《登金陵凤凰台》朗读

品读指导

凤凰台上凤凰游，凤去台空江②自流。
吴宫③花草埋幽径④，晋代衣冠⑤成古丘⑥。
三山⑦半落青天外，二水⑧中分白鹭洲⑨。
总为浮云能蔽日⑩，长安⑪不见使人愁。

（选自《唐诗三百首》，中华书局，2023 年）

注释

① 金陵凤凰台：南京的凤凰台。金陵，即今江苏南京。凤凰台，亭台名，在今南京城西南隅。

② 江：指长江。

③ 吴宫：三国时孙吴曾于金陵建立都城，修筑宫殿。

④ 幽径：幽僻荒凉的小路。

⑤ 衣冠：原指衣服和礼帽，这里指掌权的豪门世族。

⑥ 丘：坟墓。

⑦ 三山：在今南京西南板桥镇长江边，因山有三个峰而得名。

⑧ 二水：指秦淮河流经南京后，西入长江，被白鹭洲分为两条支流。

⑨ 白鹭洲：长江中的沙洲，因洲上多有白鹭聚集而得名。

⑩ 浮云能蔽日：比喻奸邪当道。浮云，此处喻指奸佞小人。

⑪ 长安：这里用京城代指朝廷和皇帝。

译文

凤凰台上曾经有凤凰来悠游，如今凤凰飞去台上空空，只有长江水依旧奔流不息。

借古咏怀篇

221

当年华丽的吴王宫殿和其中的千花百草，如今都已埋没在幽僻荒凉的小路中，晋代多少豪门世族已成荒冢古丘。

我站在台上，看着远处的三山，依然耸立在青天之外，江水被白鹭洲分成两条河流。

那些悠悠浮云总是遮蔽太阳的光辉，登高不见长安城，让人内心多么沉痛忧郁。

作品鉴赏

赏析

首联"凤凰台上凤凰游，凤去台空江自流"开篇点题，引出凤凰台的传说。相传，南朝宋元嘉年间常有凤凰集于此山，于是筑台，山和台便由此得名。凤凰向来被认为是祥瑞之兆，当年凤凰集聚于此象征着王朝的兴盛；而如今凤去台空，六朝的繁华也一去不复返，只有长江水仍然不停地流着。

颔联"吴宫花草埋幽径，晋代衣冠成古丘"承上启下。作者由眼前之景联想到六朝时期空前繁荣的金陵，可如今，吴国曾经繁华的宫廷已经荒草丛生，晋代的风流人物也早已作古，六朝的繁华也同这凤凰台一样，消失在历史的浪涛中。作者通过追忆往昔，表达了对六朝繁华消逝的无限惋惜和对历史兴衰的深刻思考。

颈联"三山半落青天外，二水中分白鹭洲"由抒情转为写景。作者并没有一直沉浸在对历史的凭吊中，而是抽出思绪将目光投向眼前的河山。远处的三山耸立在青天之外，江水被白鹭洲分成两条河流。这两句气象壮阔，意境深远，同时也为尾联作了铺垫。

尾联"总为浮云能蔽日，长安不见使人愁"，这两句由景入情，抒发了作者对现实的忧虑和对政治的关切。作者借"浮云"暗指奸佞当道、君主不明，表达了自己报国无门的愁苦心情。"长安不见"与诗题的"登"字相呼应，意寓言外，饶有余味。

整体来说，这首诗将历史典故、眼前景物和作者的切身感受融合在一起，抒发了作者对国家命运的关切，具有现实意义。

学思践悟

唐代诗人崔颢在《黄鹤楼》一诗中写道："日暮乡关何处是？烟波江上使人愁。"请结合该诗与本诗的内容，分析两首诗中的"使人愁"各指什么。

登金陵凤凰台

[唐] 李白

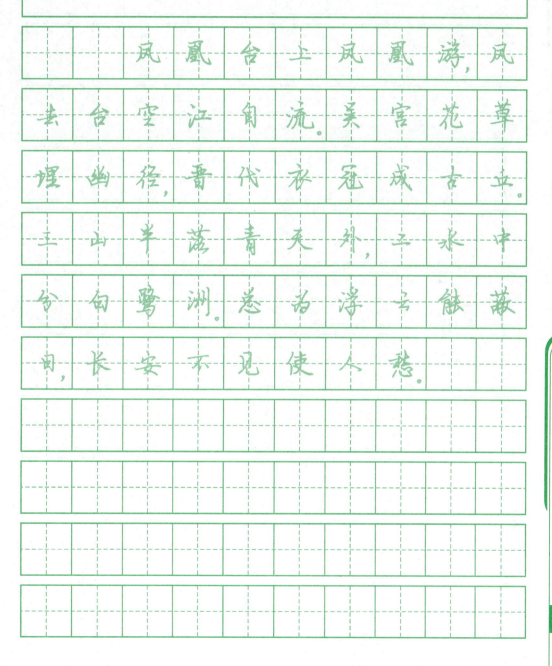

凤凰台上凤凰游,凤
去台空江自流。吴宫花草
埋幽径,晋代衣冠成古丘。
三山半落青天外,二水中
分白鹭洲。总为浮云能蔽
日,长安不见使人愁。

蜀　相①

[唐] 杜甫

诵读细酌

　　杜甫生于国家多难之时，他渴望有像诸葛亮这样的人物来复唐于盛世，因此对诸葛亮非常仰慕和推崇。尤其当杜甫入蜀之后，亲眼得见诸葛亮一生功业所给予后世的深远影响，进一步加深了他对诸葛亮的敬仰之情，故在许多诗中都咏赞诸葛亮。请朗诵这首诗，体会"诗圣"笔下的诸葛亮形象。

品读指导

> 丞相祠堂②何处寻？锦官城③外柏森森④。
>
> 映阶碧草自春色，隔叶黄鹂空⑤好音。
>
> 三顾⑥频烦⑦天下计⑧，两朝开济⑨老臣心⑩。
>
> 出师未捷⑪身先死，长使英雄泪满襟。

（选自《唐诗三百首》，中华书局，2023 年）

注释

① 蜀相：三国蜀汉丞相，即诸葛亮。

② 丞相祠堂：指武侯祠，在今四川省成都市。

③ 锦官城：因三国蜀汉时管理织锦的官员驻扎在此而得名，后人将其作为成都市的别名。

④ 森森：高大茂盛的样子。

⑤ 空：白白的。

⑥ 三顾：指刘备三顾茅庐请诸葛亮出山。

⑦ 频烦：多次劳烦，反复咨询。

⑧ 天下计：安天下之大计。

⑨ 两朝开济：指诸葛亮先辅佐先主刘备开创帝业，建立蜀汉政权，后又辅佐后主刘禅巩固帝业。开，开创。济，扶助。

⑩ 老臣心：即"鞠躬尽瘁，死而后已"之心。

⑪ 出师未捷：指"北定中原，兴复汉室，还于旧都"的理想未能得以实现。

译文

去哪里寻找武侯祠？在成都城外那柏树茂密的地方。

碧草映照石阶自有一派春色，树上的黄鹂空有美妙的歌声。

刘备为统一天下曾三顾茅庐，反复问计于诸葛亮，辅佐两代君主的老臣忠诚满腔。可惜出师伐魏还没有取得最后的胜利就病亡军中，常使历代英雄涕泪满裳！

作品鉴赏

赏析

这首诗可以分为两部分。前四句为第一部分，写作者凭吊丞相祠堂，从景物描写中感怀现实，透露出作者忧国忧民之心。

首联"丞相祠堂何处寻？锦官城外柏森森"以问答的方式开篇，不仅表达了作者对诸葛亮的敬仰与怀念，同时也激发了读者的好奇心。上句"丞相祠堂"直接点题，语意亲切而又饱含崇敬；"何处寻"并非去哪里寻找的意思，而是加强语势。诸葛亮在历史上颇受人民爱戴，尤其在四川成都，祭祀他的庙宇很是常见。作者妙用

一个"寻"字，刻画出其迫切想要缅怀先贤、追思往事的心情。下句"锦官城外柏森森"指出作者凭吊的是成都郊外的武侯祠。这里柏树成荫，呈现出一派静谧肃穆的氛围。柏树生命长久，高大挺拔，常被用作祠庙中的观赏树木，具有象征意义。这样的景象不仅符合诸葛亮作为历史伟人的身份地位，同时也进一步渲染了祠堂的神圣和庄严，不禁令人肃然起敬。

颔联"映阶碧草自春色，隔叶黄鹂空好音"描绘出武侯祠内春意盎然的景象。虽然春天来了，但朝廷中兴的希望依旧渺茫。想到这里，作者难免心生惆怅，因此说是"自春色""空好音"。作者将自己的主观情感融入客观景物中，反映出其忧国忧民的精神。同时，这种精神也折射出诸葛亮这一光彩照人的伟大形象。

后四句为第二部分，作者咏叹丞相才德，从追忆历史中缅怀先贤，同时又蕴含了自己对祖国命运的期盼和憧憬。

颈联"三顾频烦天下计，两朝开济老臣心"高度概括了诸葛亮的一生。上句引用了刘备三顾茅庐的历史典故，表现了诸葛亮对天下大势的深刻洞察和卓越的战略眼光；下句概括了诸葛亮辅佐刘备开创基业、辅佐刘禅扶危济困的忠诚与奉献。这两句诗既是对诸葛亮才智与品德的颂扬，也寄托了作者对忠臣良将的敬仰与钦佩。

尾联"出师未捷身先死，长使英雄泪满襟"是全诗的高潮，也是千古传诵的名句。上句直接点出了诸葛亮北伐未竟、壮志未酬的遗憾；下句表达了作者及天下英雄对诸葛亮英年早逝、功业未成的深切痛惜与哀悼。

总体而言，这首诗是一首情感深沉、意境深远的佳作，不仅展现出杜甫对诸葛亮的敬仰和怀念之情，也反映了其忧国忧民的崇高精神。

除了本诗外，杜甫的《八阵图》《咏怀古迹》都是咏赞诸葛亮的诗作，试分析每首诗在艺术风格与情感表达上各有什么特点。

随学随练

蜀相

[唐]杜甫

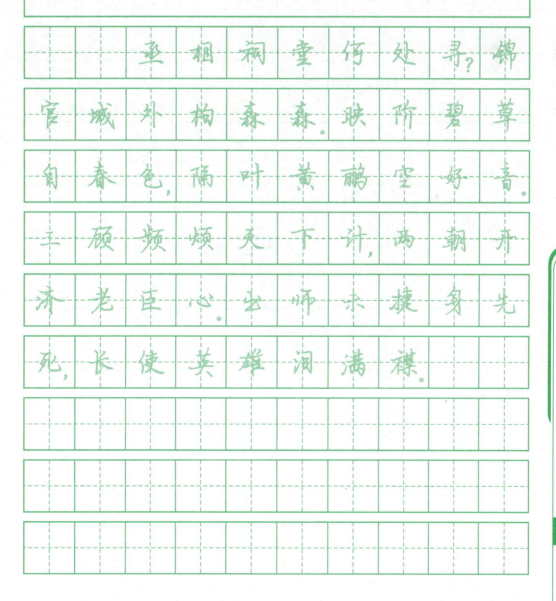

丞相祠堂何处寻？锦官城外柏森森。映阶碧草自春色，隔叶黄鹂空好音。三顾频烦天下计，两朝开济老臣心。出师未捷身先死，长使英雄泪满襟。

赤 壁

［唐］杜牧

诵读细酌

这首诗是杜牧在观赏了赤壁之战的遗物"折戟"后，结合自身的境遇有感而发，表达了他对三国英雄成败的感慨，同时暗含了历史的偶然性和英雄人物的命运无常。此诗以小见大，借古喻今，展现了杜牧独特的艺术风格。请朗诵这首诗，品味诗中的情感。

《赤壁》朗读

品读指导

折戟①沉沙铁未销②，自将③磨洗④认前朝⑤。
东风⑥不与周郎⑦便⑧，铜雀⑨春深锁二乔⑩。

（选自《唐诗三百首》，中华书局，2023 年）

作者简介

杜牧（803—853），字牧之，京兆万年（今陕西西安）人，唐代文学家。其诗文风格多样，既有直指时弊、讽喻朝政之作，又有清俊生动的写景抒情之作。杜牧在晚唐成就颇高，因此被后人称为"小杜"，与李商隐并称"小李杜"。有《樊川文集》。

尤其值得一提的是，杜牧所作的《阿房宫赋》，以其宏大的历史视野、深刻的批判精神和精湛的艺术手法，成为流传千古的经典之作。此文不仅表达了杜牧对历史兴衰的深刻反思，更寄托了他对国家命运的深切关怀，体现出其责任感与使命感。

注释

① 折戟：折断的戟。戟，古代兵器。

② 销：消损腐蚀。

③ 自将：自己拿起。

④ 磨洗：磨光洗净。

⑤ 认前朝：辨认出（戟）是当年赤壁之战的遗留之物。认，鉴别，辨识。前朝，指汉末三国争雄时期。

⑥ 东风：指赤壁之战周瑜借东风火烧曹营一事。

⑦ 周郎：周瑜，字公瑾，为吴军前线总指挥。

⑧ 便：方便。

借古咏怀篇

229

⑨ 铜雀：台名，曹操所建，在魏国国都邺城（今河北临漳西南）。

⑩ 二乔：大乔和小乔。大乔嫁给了孙权的兄长孙策，小乔嫁给了周瑜。

译文

赤壁的泥沙中，埋着一枚未被消损腐蚀的断戟。自己磨洗后发现这是当年赤壁之战的遗留之物。

倘若不是东风给周瑜以方便，结局恐怕是曹操取胜，二乔被关进铜雀台。

作品鉴赏

赏析

这首诗是作者凭吊赤壁之战的遗物后，有感而发所作的咏史诗。

"折戟沉沙铁未销，自将磨洗认前朝。"开篇以"折戟沉沙"这一具体而富有象征意义的事物勾起读者对历史的联想。"折戟"作为赤壁之战的遗物，它的出现立刻将读者带回了那个烽火连天的时代。"铁未销"三个字则进一步强调了时间的流逝与历史的沧桑感，同时也暗示了"戟"所承载的重要历史意义。下句通过"磨洗"和"认"两个动作，表现出作者对历史的浓厚兴趣和深刻思考。"磨洗"的过程不仅是物理上的清洁，更是心灵上的洗礼，而"认前朝"则显示出作者对历史的尊重。

"东风不与周郎便，铜雀春深锁二乔"两句是作者的假设。上句"东风不与周郎便"假设了一个与史实相反的情况，即如果当年没有"东风"的帮助，周瑜恐怕无法取得赤壁之战的胜利。作者以一种逆向思维，提出了这一引人深思的假设，这种假设不仅增强了诗歌的趣味性，也深刻地揭示了历史进程中的偶然性和不确定性。下句"铜雀春深锁二乔"进一步假设如果曹操在赤壁之战中获胜，那么大乔和小乔将会被关进铜雀台。这一富有画面感的描述将历史的残酷和女性的命运巧妙地结合在一起，把如此重大的历史事件写得如此风流蕴藉，非杜牧所不能。

作者以独特的视角和精妙的构思，将历史的沧桑感、对英雄人物的敬仰以及对历史的深刻思考完美地融合在一起，使这首诗成为传诵千古的佳作。

学思践悟

清代诗人高鼎《村居》一诗中写道："儿童散学归来早，忙趁东风放纸鸢。"请简要分析这首诗与本诗的作者分别借"东风"表达出怎样的情感。

赤 壁

[唐] 杜牧

		折	戟	沉	沙	铁	未	销,	自
将	磨	洗	认	前	朝。	东	风	不	与
周	郎	便,	铜	雀	春	深	锁	二	乔。

借古咏怀篇

231

泊秦淮①

[唐] 杜牧

诵读细酌

这首诗描绘了作者夜泊秦淮河畔所见的美景，同时又蕴含了作者对历史的深刻思考和对现实的深切隐忧。全诗立意新奇，语言凝练，含蓄深沉，被誉为绝唱。请朗诵这首诗，品味诗中的情感。

《泊秦淮》朗读

品读指导

烟②笼③寒水月笼沙，夜泊秦淮近酒家。
商女④不知亡国恨，隔江犹唱后庭花⑤。

（选自《唐诗三百首》，中华书局，2023 年）

注释

① 泊秦淮：停泊在秦淮河。秦淮，即秦淮河，长江下游支流，在今江苏省西南部。
② 烟：烟雾。
③ 笼：笼罩。
④ 商女：歌女。一说指商人妇。
⑤ 后庭花：歌曲《玉树后庭花》的简称，为陈后主所作。陈后主沉溺于声色，作此曲与后宫美女寻欢作乐，最终导致亡国，后世便将此曲作为亡国之音的代表。

译文

浩渺寒江之上弥漫着迷蒙的烟雾，皓月的清辉洒在白色沙渚之上。入夜，我将小船停泊在秦淮河畔，临近酒家。

金陵歌女似乎不知何为亡国之恨、黍离之悲，隔着江水仍在吟唱着靡靡之音《玉树后庭花》。

作品鉴赏

赏析

这首诗是作者夜泊秦淮河触景感怀之作，前两句写秦淮河夜景，后两句抒发感慨。开篇紧扣诗题，描写作者停泊秦淮河之所见。迷蒙的水雾笼罩着浩渺寒江，皓月的清辉笼罩着白色沙渚，呈现出一派缥缈迷离的景象。两个"笼"字用得极好，将凄迷的夜色渲染到极致，营造出一种淡雅、幽美的氛围。第二句"夜泊秦淮近酒家"明确交代了泊船的时间和地点，"夜"字承接首句，进一步补充说明了景色，使画面更加具体，"近酒家"暗示了秦淮河畔的繁华与热闹，同时也为下文的抒情议论埋下了伏笔。

诗的后两句转由景到抒情。"商女不知亡国恨"中的"商女"是指歌女，她们的存在为秦淮河畔的夜景增添了几分声色之娱，但同时也引发了作者的感慨。"后庭花"是指《玉树后庭花》这首象征着亡国之音的歌曲。作者听到这靡靡之音，触动了内心的兴亡之感，同时也寓有对现实衰败的强烈慨叹。这里实际是一种曲笔，作者并未直接指责"商女"，而是指责那些真正"不知亡国恨"的沉迷于声色犬马之中的封建贵族、官僚、豪绅们，表达了他对当时权贵们的腐朽堕落和当权者昏庸无能的深刻讽刺和批判。

相比于咏史，作者更侧重于描写现实感受，将历史感与现实感融为一体，以史为鉴，借古讽今，从而表达出其对国家命运的深切关怀和忧虑之情。

学思践悟

唐代诗人孟浩然的《宿建德江》同样描绘了夜泊于烟水朦胧之中的场景，唐代诗人张若虚的《春江花月夜》中也描绘了迷蒙的月夜美景，试分析这两首诗与本诗所描绘的景象的差异。

随学随练

泊秦淮

[唐] 杜牧

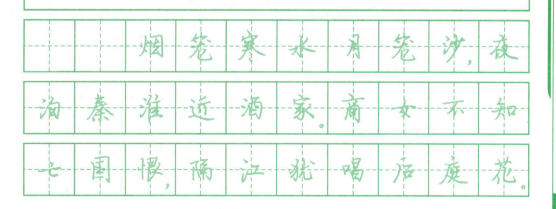

烟	笼	寒	水	月	笼	沙，	夜
泊	秦	淮	近	酒	家。	商	女	不	知
亡	国	恨，	隔	江	犹	唱	后	庭	花。

借古咏怀篇

233

永遇乐·京口①北固亭怀古

[南宋] 辛弃疾

诵读细酌

这首词以京口北固亭为背景，通过缅怀古代英雄，抒发了作者对国家兴亡的忧虑和自身壮志未酬的悲愤。全词情感深沉，意境幽远，是辛弃疾爱国情感和艺术才华的集中体现。请朗诵这首词，品味词中的情感。

品读指导

千古江山，英雄无觅，孙仲谋②处。舞榭歌台③，风流总被，雨打风吹去。斜阳草树，寻常巷陌，人道寄奴④曾住。想当年金戈铁马，气吞万里如虎。

元嘉⑤草草⑥，封狼居胥⑦，赢得⑧仓皇北顾⑨。四十三年⑩，望中犹记，烽火扬州路。可堪回首，佛狸祠⑪下，一片神鸦⑫社鼓⑬。凭谁问：廉颇⑭老矣，尚能饭否？

(选自《辛弃疾词集》，上海古籍出版社，2016 年)

作者简介

辛弃疾（1140—1207），字幼安，号稼轩，历城（今山东济南）人，南宋词人，与苏轼并称"苏辛"。其词多抒发其坚决恢复国家统一的爱国热情，倾诉其壮志难酬的悲愤，强烈谴责了当时执政者屈辱求和的行径。同时，辛弃疾也有不少吟咏祖国山河的作品，无不表达出其强烈的爱国之情。其词艺术风格多样，以豪放为主，风格沉雄豪迈又不乏细腻柔媚。代表作有《破阵子·为陈同甫赋壮词以寄之》《水龙吟·登建康赏心亭》《菩萨蛮·书江西造口壁》等。有《稼轩长短句》。

注释

① 京口：古城名，在今江苏镇江市，为长江下游军事重镇和都城建康（今南京）的东北方门户。

② 孙仲谋：孙权（182—252），字仲谋，三国时期吴国的建立者，吴郡富春（今浙江杭州市富阳区）人，曾建都京口。

③ 舞榭歌台：歌舞楼台。榭，建在台上的屋子。

④ 寄奴：刘裕（363—422），字德舆，小字寄奴，南朝宋的建立者，彭城（今江苏徐州）人，后来迁居到京口。

⑤ 元嘉：刘裕之子刘义隆（宋文帝）年号。

⑥ 草草：轻率。

⑦ 狼居胥：狼居胥山，即今蒙古国境内肯特山。

235

借古咏怀篇

⑧ 赢得：落得。

⑨ 仓皇北顾：指元嘉年间北伐失败。

⑩ 四十三年：作者于南宋绍兴三十二年（1162）率众南归，至开禧元年（1205）出守京口作此词时，正好四十三年。

⑪ 佛狸祠：北魏太武帝拓跋焘，一名佛狸。元嘉二十七年（450），魏太武帝率军南下，直达长江北岸苏六合的瓜步山，在山上建立行宫，即佛狸祠。

⑫ 神鸦：吃祭品的乌鸦。

⑬ 社鼓：祭祀时的鼓声。

⑭ 廉颇：战国时赵国名将。

译文

历经千古的江山，再也难以找到像孙权那样的英雄。当年的歌舞楼台还在，英雄人物却随着岁月的流逝早已不复存在。斜阳照着长满草树的普通小巷，人们说那是刘裕曾经住过的地方。回想当年，他领军北伐、收复失地的时候是何等威猛！

然而刘裕的儿子刘义隆好大喜功，仓促北伐，反而让北魏皇帝拓跋焘乘机挥师南下，兵抵长江北岸而返，遭到对手的重创，本想建立功绩封狼居胥，却落得仓皇逃命的下场。我回到南方已经有四十三年了，如今瞭望长江北岸，仍然记得扬州路上烽火连天的战乱场景。不堪回首啊，拓跋焘的行宫外有吃祭品的乌鸦和喧闹的鼓声。还有谁会问：廉颇将军老了，他的身体是否康健如故？

作品鉴赏

赏析

这首词作于宋宁宗开禧元年（1205），当时的执政者韩侂胄正积极筹划北伐。此时赋闲已久的辛弃疾又被起用，戍守江防要地京口。辛弃疾到任后，积极加强军事部署，同时也对独揽朝政的韩侂胄的轻敌冒进深感担忧，便登上京口北固亭凭高望远，抚今追昔，写下这首感怀词。

"千古江山，英雄无觅，孙仲谋处。"词一开篇便以"千古江山"这一宏大的背景，引出对英雄人物孙权的追思，同时又暗示了作者对英雄人物的敬仰与向往。接下来，作者抒发了对历史变迁的感慨："舞榭歌台，风流总被，雨打风吹去。"同时，这一句也蕴含了作者对往昔辉煌岁月的追忆和对现实的无奈。最后，作者引用刘裕金戈铁马，收复失地，气吞万里的典故，表达了对历史人物从百战之中开创基业的赞扬，以及对南朝宋统治者忍耻忘仇的怯懦表现的讽刺和谴责。

词的上阕感怀英雄，借古咏今；下阕则用典揭示了更深刻的历史意义和现实感慨，引人深思。"元嘉草草，封狼居胥，赢得仓皇北顾。"这句引用了南朝刘义隆冒险北伐，招致惨败的史实，忠告韩侂胄要吸取历史教训，切勿鲁莽行事；接着，作者用"四十三年"来强调自己对当年的烽火扬州记忆犹新，表达出他对国家命运的深切关注和自己未能亲历战场的遗憾。"可堪回首，佛狸祠下，一片神鸦社鼓"一句写北方已非宋朝国土，透露出作者对国土沦丧的悲痛。结尾三句，借廉颇自比，表示出作者报效国家的强烈愿望和对宋室不能尽用人才的慨叹。

全词用典精当，情感深切，有怀古、忧世、抒志的多重主题，可谓一篇充满爱国主义思想的千古佳作。

学思践悟

"千古江山，英雄无觅，孙仲谋处"和"生子当如孙仲谋"都出自辛弃疾之口。天下英雄何其多，可辛弃疾为何钟情于孙仲谋呢？谈一谈你的理解。

随学随练

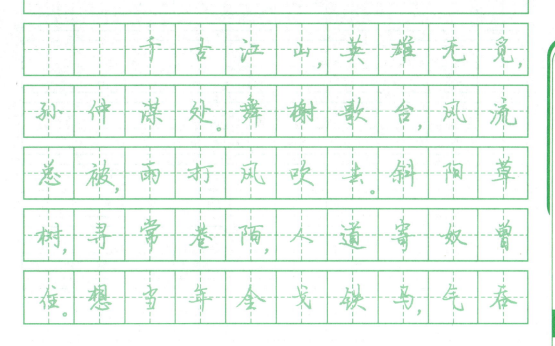

永遇乐·京口北固亭怀古

［南宋］辛弃疾

千古江山，英雄无觅，孙仲谋处。舞榭歌台，风流总被，雨打风吹去。斜阳草树，寻常巷陌，人道寄奴曾住。想当年，金戈铁马，气吞

借古咏怀篇

237

万里如虎。

　元嘉草草，封狼居胥，
赢得仓皇北顾。四十三年，
望中犹记，烽火扬州路。可
堪回首，佛狸祠下，一片神
鸦社鼓。凭谁问：廉颇老矣，
尚能饭否？

拓展阅读

乌衣巷

[唐] 刘禹锡

朱雀桥边野草花，乌衣巷口夕阳斜。
旧时王谢堂前燕，飞入寻常百姓家。

江南春

[唐] 杜牧

千里莺啼绿映红，水村山郭酒旗风。
南朝四百八十寺，多少楼台烟雨中。

虞美人·春花秋月何时了

[五代] 李煜

春花秋月何时了，往事知多少？小楼昨夜又东风，故国不堪回首月明中。
雕栏玉砌应犹在，只是朱颜改。问君能有几多愁，恰似一江春水向东流。

桂枝香·金陵怀古

[北宋] 王安石

登临送目，正故国晚秋，天气初肃。千里澄江似练，翠峰如簇。征帆去棹残阳里，背西风酒旗斜矗。彩舟云淡，星河鹭起，画图难足。

念往昔，繁华竞逐。叹门外楼头，悲恨相续。千古凭高对此，谩嗟荣辱。六朝旧事随流水，但寒烟衰草凝绿。至今商女，时时犹唱，后庭遗曲。

国学经典之古诗词赏析

240

念奴娇·赤壁怀古

[北宋] 苏轼

大江东去，浪淘尽，千古风流人物。故垒西边，人道是，三国周郎赤壁。乱石穿空，惊涛拍岸，卷起千堆雪。江山如画，一时多少豪杰！

遥想公瑾当年，小乔初嫁了，雄姿英发。羽扇纶巾，谈笑间，樯橹灰飞烟灭。故国神游，多情应笑我，早生华发。人间如梦，一樽还酹江月。

夏日绝句

[南宋] 李清照

生当作人杰，死亦为鬼雄。

至今思项羽，不肯过江东。

南乡子·登京口北固亭有怀

[南宋] 辛弃疾

何处望神州？满眼风光北固楼。千古兴亡多少事？悠悠，不尽长江滚滚流！

年少万兜鍪，坐断东南战未休。天下英雄谁敌手？曹刘。生子当如孙仲谋！

山坡羊·潼关怀古

[元] 张养浩

峰峦如聚，波涛如怒。山河表里潼关路。望西都，意踌躇。

伤心秦汉经行处，宫阙万间都做了土。兴，百姓苦！亡，百姓苦！

借古咏怀篇

241

参考文献

[1] 蘅塘退士. 唐诗三百首 [M]. 张忠纲, 评注. 北京：中华书局，2023.

[2] 曾枣庄，舒大刚. 苏东坡全集 [M]. 北京：中华书局，2021.

[3] 孟二冬. 陶渊明集译注 [M]. 北京：中华书局，2019.

[4] 王水照，崔铭. 欧阳修传 [M]. 北京：人民文学出版社，2019.

[5] 马玮. 李白诗歌赏析 [M]. 北京：商务印书馆国际有限公司，2017.

[6] 刘淑丽. 纳兰性德词评注 [M]. 北京：商务印书馆，2017.

[7] 李树喜，赵京战，高昌. 国民诗词读本 [M]. 北京：中华书局，2017.

[8] 上海辞书出版社文学鉴赏辞典编纂中心. 唐宋词鉴赏辞典（新一版）[M]. 上海：上海辞书出版社，2016.

[9] 上海辞书出版社文学鉴赏辞典编纂中心. 宋诗鉴赏辞典（新一版）[M]. 上海：上海辞书出版社，2015.

[10] 上海辞书出版社文学鉴赏辞典编纂中心. 元曲鉴赏辞典（新一版）[M]. 上海：上海辞书出版社，2014.

[11] 辛弃疾. 辛弃疾词集 [M]. 上海：上海古籍出版社，2016.

[12] 程俊英. 诗经译注 [M]. 上海：上海古籍出版社，2016.

[13] 高令印，高秀华. 朱子事迹考 [M]. 北京：商务印书馆，2016.

[14] 仇兆鳌. 杜诗详注 [M]. 北京：中华书局，2015.

[15] 周先慎. 中国文学十五讲 [M]. 北京：北京大学出版社，2014.

[16] 上海辞书出版社文学鉴赏辞典编纂中心. 唐诗鉴赏辞典（新一版）[M]. 上海：上海辞书出版社，2013.